ENTRE LE CŒUR ET LA RAISON

Valérie Domain

Entre le cœur et la raison

roman

Fayard

AVERTISSEMENT

Une femme quitte un homme pour un autre. Homme de pouvoir, cet autre la voit à son tour lui échapper pour un troisième. Dès lors, il n'aura de cesse de la reconquérir… Ce schéma narratif est de toutes les époques, de tous les lieux de la planète, et il a déjà servi de canevas à des dizaines de milliers d'œuvres : romans, pièces, films, etc. Sa banalité n'entame évidemment en rien sa vérité et nombre de personnes croiront y reconnaître des éléments de leur propre vie, tout comme un plus grand nombre encore y identifieront des destins dont elles auront entendu parler.

D'un précédent ouvrage dont des circonstances indépendantes de notre volonté ont interrompu la parution, j'ai conservé le sous-titre qui m'a paru bien convenir au propos et au genre de celui-ci. Le premier était un document dont tous les détails étaient authentiques et vérifiés. Ce second livre est un roman : ses ingrédients relèvent de la fiction tout en feignant d'être vrais, et, comme tels, ils ne sauraient bien sûr être attribués à quelque personne réelle que ce soit. A fortiori, toute homonymie avec une personne existante ne saurait être que fortuite.

V. D.

1

Bons baisers de Montréal

Elle n'a pas encore déniché la perle rare. Célia Michaut-Cordier visite des appartements à Montréal, des petites maisons à la périphérie. Outre sa fille Juliette, elle a auprès d'elle certaines des fidèles de la première heure : des amies d'enfances, des relations issues d'un carnet d'adresses bien rempli. Et, bien sûr, elle a Hervé.

Son rythme de vie n'a plus rien à voir avec celui d'hier. Elle ne travaille plus, elle prend le temps de rêver à sa nouvelle existence. Une existence qui, pour l'heure, ressemble plutôt à un puzzle. Il lui manque des pièces, et non des moindres. Pour recommencer sa vie à sept mille kilomètres de là, il lui est vital de rapatrier sa plus jeune fille, Victoire, auprès d'elle. Mais, pour cela, il lui faut l'accord du père. Or, il y a encore un mois, Guillaume Michaut-Cordier, dit G. M.-C., n'était pas disposé à perdre sa fillette après avoir perdu sa femme. Aussi Célia jongle-t-elle avec les fuseaux horaires : quinze jours au Canada, quinze jours en France. Victoire va toujours en classe dans sa banlieue chic ; sa mère caresse l'espoir de bientôt l'inscrire dans un cours bilingue parmi les plus huppés de la Belle Province.

Lorsqu'elle revient dans la capitale française, elle ne s'occupe que d'elle. Dans son nouvel appartement parisien, elle a fait aménager une chambre pour chacun de ses enfants : c'est son nouveau cocon de célibataire. Des couleurs chocolat, du bois, peu de bibelots, mais des fleurs et quelques photos. Son père à vélo, sa mère gracieuse dans une robe légère, ses petits souriant à l'objectif. Une pile de livres sur une étagère, des magazines et des quotidiens sur la table basse, des tasses à café dans les tons acidulés. Rien d'encombrant ni de superflu.

Ici, donc, elle aime retrouver Victoire, extraite de l'organisation drastique et contraignante des bâtiments officiels. En garde partagée, elle apprend à voir sa mère lorsqu'elle ne voit pas son père, et vice-versa. À huit ans, elle tente de résister à la bourrasque dans laquelle elle a été emportée depuis ce printemps mémorable.

Parfois, Célia vient là accompagnée de Hervé Dormont. Elle le présente sans faire de chichis : « Voici celui qui désormais partage ma vie. » Grand, cheveux argent, sourire communicatif, costume fluide, cravate sobre mais colorée, Célia le trouve raffiné, d'une élégance exquise, intelligent et attirant. Il dégage, c'est vrai, ce magnétisme qu'ont les hommes qui se savent brillants sans pour autant en faire un plat. Elle partage les mêmes goûts artistiques, les mêmes curiosités culturelles, la même passion pour la peinture, les voyages. Elle apprécie le tact avec lequel il n'a pas cherché à inventorier son passé, et s'émerveille de ses manières d'un autre temps. « C'est un gentleman, s'extasie Adélaïde, l'une de ses amies, conquise. Dans les gestes de la vie quotidienne, il montre un savoir-vivre très ancien temps. Il descend de voiture pour vous ouvrir la portière, il attend derrière vous afin d'approcher votre chaise lorsque vous vous mettez à table... Sa présence est telle que lorsqu'il pénètre dans une pièce, tout le monde se retourne. »

Comme Célia. Ces deux-là vont bien ensemble. Il est vrai qu'on disait cela aussi du couple qu'elle formait avec Guillaume. Mme Michaut-Cordier serait-elle de l'espèce caméléon qui parvient par mimétisme à se mettre en complète harmonie avec l'autre ? Ce serait un des secrets de sa force.

Hervé loue lui aussi un appartement dans Paris. Il possède également une maison en Catalogne, en bord de mer. Producteur de films de télévision mondialement connu, il est fou de deltaplane mais circule plus volontiers à moto. Divorcé d'une réalisatrice de cinéma « art et essai », il est père de deux garçons qu'il protège comme la prunelle de ses yeux.

De Célia, il dit : « Elle est très courageuse, elle aurait pu devenir un jour la première dame de son pays, ce qui n'est pas rien. Elle a décidé de partir sur un coup de cœur. » Lui-même n'en revient pas. Il ajoute en la regardant de biais : « Je vais la faire rougir, mais, pour moi, elle fait partie de ces femmes tout à la fois modernes et romanesques... »

Denise, la première copine à qui Célia a annoncé son désir de refaire sa vie le lui a confirmé : « Tu es bien la dernière des romantiques ! » Le mot résonne dans sa tête comme la cloche de l'école sonnant la fin des cours. Elle est libre parce qu'elle écrit sa propre vie comme un roman, une page après l'autre, sans connaître la teneur du chapitre suivant, encore moins la fin.

Les premières heures de vie commune avec Célia ont plongé Hervé dans la stupeur et le ravissement. Au lieu d'un esprit distant, il a découvert chez elle de la tendresse. Au lieu d'une *wonder woman*, il a découvert une mère poule, à la limite du genre « maman juive ». Hervé connaît : il en a eu une. Il en paraît rassuré.

Aujourd'hui, Célia a repris contact avec de vieilles camarades d'école. Elle s'en remet à ces fidèles, déçue que ses amis – ceux du couple qu'elle formait avec Guillaume – aient pour la plupart choisi de rester « tournés vers le soleil ». Mais, au fond, elle juge cela plutôt logique. Les gens qui ne l'ont pas laissée tomber se comptent sur les doigts d'une main. Elle s'est aperçue que ce n'était pas forcément ceux auxquels elle aurait pensé de prime abord. Ainsi le fils aîné de Guillaume, François, l'a appelée pour lui dire le bien qu'il pensait d'elle, tout en l'exhortant au passage à revenir auprès de son père.

Les autres ont été abasourdis qu'elle fasse le grand saut. Ainsi, elle n'était pas totalement sous contrôle, il lui restait un brin d'impulsivité ! Lorsqu'elle était avec Guillaume, certaines de ses vieilles copines lui avaient tourné le dos, elles la trouvaient trop ambitieuse, cherchant toujours à être là où les choses se passent. Apprendre qu'elle lâchait tout du jour au lendemain leur a paru inouï de sa part.

Une de ses amies, Roxane, qui réside aujourd'hui au Québec, s'est fait cette même réflexion, mais ne cache pas son inquiétude : « Elle a l'air très amoureuse de ce monsieur, mais ce qui l'attend est terrifiant. Ce n'est tout de même pas le divorce de monsieur et madame Tout-le-Monde ! Une femme calculatrice, d'une autre trempe, aurait tenu le coup pour parvenir au sommet, mais, apparemment, ça n'est pas ce qu'elle recherchait. »

Taxée d'opportunisme et d'arrivisme effréné pendant des années, Célia aspire donc à vivre selon ses principes, ses valeurs et surtout ses désirs. Outre-Atlantique, elle s'attend à trouver une scène plus vaste et aérée pour ses aspirations. Sa mère lui a transmis cette façon de penser plus internationale que la plupart des Françaises. Les mœurs du Nouveau Monde peuvent d'autant mieux répondre à ses façons de voir et de faire. Quoi qu'il arrive, elle a les nerfs solides, elle s'en sortira ! Ainsi vivrait-elle une espèce de renaissance dans un pays où nul ne la connaît et où les regards de tout un chacun ne la jugent pas.

Lorsqu'elle se promène dans les principales artères de Montréal, quelques touristes français l'abordent cordialement pour lui demander comment elle va : « Cette popularité me surprend, confie Hervé Dormont. Les gens qui s'adressent ainsi à elle le font sans méchanceté, presque avec affection. »

À Matignon où Guillaume a été nommé et où il lui garde un bureau, elle reçoit en moyenne soixante lettres par jour, émanant pour beaucoup de femmes qui la soutiennent. Comme ces habitantes de Neuville-sous-Bois qui la félicitent de refuser enfin toutes les concessions qu'elle a faites pendant quelque quinze ans.

Quelles concessions au juste ? Certaines de ces dames expliquent que Guillaume a une réputation bien établie de séducteur ; qui ne le sait ? Célia l'ignore, apparemment. Depuis qu'elle a quitté le domicile conjugal, les langues pourtant se délient. On lui cite des noms, des dates, des lieux. Elle ne sait plus trop quoi penser. C'est qu'aujourd'hui, certaines et certains feraient n'importe quoi pour qu'elle s'efface pour de bon.

Lesquels ? Ceux qui, dans le clan même de son mari, jugent son influence plus néfaste que positive pour la carrière du leader du Parti populaire. Ceux, surtout, pour qui elle est un fusible à faire sauter au bon moment. Les adversaires de G. M.-C. ont compris que sa seule vraie faiblesse était son épouse. Lorsqu'ils ont vent des élans du cœur de

Célia, ils sortent un lourd dossier du coffre. Celui-ci va faire l'effet d'une bombe, ils le savent. Ainsi, pour tuer politiquement Michaut-Cordier, ils vont donner des armes à sa femme. Une cellule baptisée « Gamma » tient à jour toutes les infidélités que l'on prête à tort ou à raison à l'homme politique. Et c'est par l'un de ses membres que Célia va apprendre ce qui lui est présenté comme la double vie de son mari : ainsi, lorsqu'il dit à ses gardes du corps qu'il souhaite faire son jogging, cela sous-entendrait qu'il irait rejoindre une de ses maîtresses. Lorsqu'il se déplace sans Célia pour participer à certains meetings, il s'organiserait de sympathiques 5 à 7. Dans ce dossier sont détaillés date des adultères, état-civil des maîtresses, lieux de rendez-vous, le tout accompagné de photos sans équivoque, même si l'on ne saurait jurer qu'il ne s'agit pas de purs et simples montages.

Célia ne veut pas ajouter foi à ces racontars, même si les journaux se sont mis eux aussi à broder sur ce thème. Un quotidien suisse ne joue pas sur les mots et parle ouvertement d'« infidélités ». Un de ses confrères américains cite un journaliste français qui n'hésite pas à qualifier G. M.-C. de *skirt-chaser* (coureur de jupons) depuis des années. Quand il répond au *Soir* de Bruxelles qui l'interroge sur cette réputation, l'intéressé botte en touche : elle est, selon lui, largement usurpée. L'un de ses lieutenants conclut en estimant que Guillaume Michaut-Cordier étant « un des présidentiables en vue, des malveillants se sont plu à soulever le couvercle des poubelles et à y puiser ».

Quoi qu'il en soit, Célia semble assez déstabilisée par ces rumeurs qui la mettent hors d'elle, car elles semblent corroborées par l'annonce dans *le Parisien*, puis dans *France-Soir*, de l'apparition d'une nouvelle femme dans la vie de son mari. On n'hésite même plus à révéler son identité : Sophie Cachou est journaliste, elle travaille au service politique d'une chaîne privée. Ce n'est pas tant l'idée que Guillaume refasse sa vie qui la chagrine – n'a-t-elle pas déclenché la première les hostilités ? –, que le fait qu'il tente de jouer sur les deux tableaux.

G. M.-C., dit-on pourtant, attend les coups de téléphone de sa femme comme l'annonce du Messie, il l'implore chaque jour de revenir, il ne peut croire que tout soit fini entre eux deux. Alors même qu'il semble avoir encaissé le choc de la séparation, il refuse de faire une croix sur Célia.

« Le chagrin d'amour a été de courte durée, se plaint ironiquement Mme Michaut-Cordier auprès d'une de ses confidentes parisiennes. C'est pour le moins surprenant de la part d'un homme qui se prétend si malheureux… »

Ce qui ne semble pas étonner Célia, c'est le nom de celle qui partagerait désormais les petits déjeuners de son époux. Cela fait une bonne dizaine d'années qu'elle la connaît, et autant d'années qu'elle s'en méfie. Mais combien de femmes tournent autour de Guillaume depuis qu'elle est à son bras ? Tellement qu'elle n'a pu toutes les avoir à l'œil… Et puis, ce n'est que justice, disent certains : n'est-ce pas elle qui est partie ? Guillaume est ainsi fait : c'est un homme qui ne peut vivre seul.

Lorsqu'elle revient dans la capitale, Célia rencontre souvent son mari, surtout pour parler de Victoire. Elle sait la fillette malheureuse lorsqu'elle s'en va et l'imagine, le soir, solitaire, un plateau d'argent sur les genoux, devant la télé. À Matignon, on raconte qu'une nuit, la petite a fourré tous ses doudous dans une valise et a demandé à rejoindre maman... Célia tente de faire comprendre à son époux que ses nouvelles et très hautes fonctions ne sont pas compatibles avec le rôle de père célibataire. Il n'est pas d'accord. Après tout, ce n'est pas lui qui a créé cette situation. Il résiste. Banal conflit de parents en instance de divorce.

Pour autant, Célia répète à l'envi ne pas vouloir lui nuire, elle n'utilise pas la menace, ne souhaite pas en venir au chantage. Elle répète : « C'est un être exceptionnel, le plus doué de sa génération. » Ce qui laisse encore espérer une issue heureuse à une partie de son entourage...

Quoi qu'il en soit, tant que G. M.-C. n'aura pas accepté de laisser partir sa fille cadette outre-Atlantique, Célia ne saurait s'installer complètement dans sa nouvelle vie. Pour l'heure, le cœur entre deux continents, Mme Michaut-Cordier ne peut redevenir Célia Varonian. Mais elle s'y emploie. Pour elle, une page se tourne. Sans rien renier de ses années passionnées avec Guillaume, elle entre pour sa part dans une ère nouvelle.

Gina, sa mère, disait toujours : « Il n'est pas né, celui qui pourra m'enlever ce que j'ai vécu. » Elle y repense chaque jour. Guillaume aura été l'homme de sa vie. Guillaume *est* l'homme de sa vie…

2

Premiers pas

La roulotte s'ébranle dans un bruit de ferraille épouvantable, soulevant la poussière sous ses roues, bringuebalant ses passagers dont certains ont sauté du marchepied sur le chemin défoncé où clopine le bourrin exténué par ses pérégrinations incessantes. Celui qui tient les rênes a une moustache brune et fournie qui lui descend jusqu'aux commissures des lèvres ; ses cheveux longs, tout aussi foncés, tombent sur de larges épaules ; le corps est élancé, nerveux, les mains calleuses, grandes et osseuses. L'homme est un Arménien qui, avec des rescapés de sa communauté, a fui en Roumanie le génocide perpétré par les Turcs et s'en va trouver un nouvel emplacement pour mener parmi les siens quelques mois de vie sédentaire. Il sait qu'il repartira ensuite dans les Carpates, à moins qu'il ne leur préfère les plateaux de Transylvanie. Pour l'heure, il voyage à travers les plaines fertiles du Prout, stoppant de temps à autre pour permettre à son cheval assoiffé de se désaltérer aux nombreuses rivières franchies en cours de route. Nous sommes encore à l'aube du XXe siècle. L'homme en question est le grand-père paternel de Célia. Elle ne le connaîtra jamais : ayant échappé à l'extermination par les hommes de Kemal, il est mort victime des massacres raciaux perpétrés à l'époque par la population chrétienne de Roumanie. Probablement l'avait-on pris pour un juif.

Son histoire n'en est pas moins haute en couleurs : alors qu'il installe sa caravane dans un village, il rencontre une jolie demoiselle aux grands yeux noirs, les cheveux tressés jusqu'au bas du dos. Elle succombe à son charme, ne résiste pas à ses assauts. Jusqu'à l'irréparable : elle est enceinte. Mais le nomade doit repartir. Sa vie défile et se construit aux détours des chemins. Alors qu'il s'apprête à réatteler son cheval pour reprendre son interminable périple, le maire du village frappe à sa porte : la donzelle qu'il a engrossée n'est autre que sa fille et il n'a guère l'intention de laisser un étranger la déshonorer : « Ou tu la maries, ou elle est veuve ! » menace le notable, entouré de quelques amis peu amènes. Le voyage se termine donc là car à la mort l'homme préfère l'amour, même s'il y est quelque peu contraint.

Voici donc l'Arménien à demeure, inscrit sur la liste des citoyens d'une bourgade aussi grosse que le poing. La famille s'agrandit d'année en année : onze enfants, dont le futur père de Célia, Alfred, qui ouvre les yeux sur le monde en 1920. Une jeune existence qui démarre tristement pour le garçonnet qui, à huit ans, voit sa famille disséminée à l'occasion d'une révolte paysanne et qui se retrouve seul à fuir le pays. Huit ans, donc, et à son tour sur les routes. Il arpente le territoire sans trop savoir où il va, jusqu'à une frontière qu'il traverse sans encombre. Ses pas le conduisent à des centaines de kilomètres de là, en Biélorussie. Il s'y établit quelque temps jusqu'à se sentir devenir Slave parmi les Slaves. Il en épouse les coutumes et les traditions, apprend la langue, apprécie ses nouveaux compatriotes, gens solides et travailleurs. Sans doute est-ce la raison pour laquelle il ne cessera toute sa vie d'évoquer des origines russes. Origines usurpées que Célia ne démentira pourtant jamais, persuadée peut-être qu'il est plus chic et romanesque de se dire russe qu'arménien.

Mais, là-bas, il n'est pas davantage en sécurité : la révolution bolchevique gronde, la guerre civile éclate. Ces soubresauts et la répression implacable qui s'ensuit mettent une fois de plus Alfred sur les chemins de l'exil. C'est en France que le père de Célia choisit alors de se rendre. C'est loin, c'est risqué, c'est encore l'inconnu, mais le nom de ce pays sonne comme une promesse de libération. Le souffle de la liberté, cela fait longtemps qu'il ne l'a pas respiré, toujours à se cacher, à mentir et à fuir.

Transitant par l'Europe centrale et l'Italie du Nord, Alfred gagne Marseille au début des années 30. Pris en charge par l'importante communauté arménienne, il apprend un métier, celui de tailleur. Devenant un ouvrier habile, il empoche ses premières paies. C'est dans cette métropole du Midi qu'il rencontre un lointain cousin qui a déjà fait le tour du monde, lui aussi nomade dans l'âme : Joseph Karoukian, qui signe Jo Carou des romans exotiques à succès et qui s'est installé quelque temps au soleil pour écrire. Avec Jo, Alfred partage des moments de complicité, des conversations sur l'état du monde, des souvenirs de contrées lointaines. Puis chacun reprend sa route. Celle d'Alfred l'entraîne à Lyon où il excelle dans le travail de la soie. Mais la Seconde Guerre mondiale est sur le point d'éclater et il décide de ne pas se soustraire au combat. Adopté par la France, suffisamment mûr pour pouvoir se battre, il entend défendre celle qu'il considère comme sa nouvelle patrie. Il a aussi un compte à régler : son frère Melchior, magnifique et talentueux violoniste, est tombé sous les balles d'un officier allemand alors qu'il se produisait sur scène. Alfred s'engage alors dans l'armée française jusqu'à ce que le maréchal Pétain permette aux Allemands d'occuper le territoire. Pour Alfred, la partie n'est pas jouée : il s'engage dans la Résistance comme membre actif de la M.O.I. Le risque, il connaît. Il en prendra beaucoup.

Après la guerre, le héros se sent vieux et fatigué. À nouveau sans domicile fixe, il sillonne la côte languedocienne en cherchant l'endroit idéal où poser ses maigres bagages dans cette région qu'il apprécie. À Narbonne, il loge chez un ami de passage. Dans cette vieille ville gallo-romaine ouverte aux vents marins et aux souffles de l'Histoire, il se sent revivre. Il goûte avec délice les charcuteries de pays accompagnées de vin des Corbières. La rusticité de ce régime le comble. Il a l'impression de voir son horizon dégagé, lui qui a toujours vécu sans trop savoir ce qu'il allait advenir de lui le lendemain. Ce qu'il va trouver là n'est cependant pas un lieu où laisser se relâcher son existence turbulente, mais une femme qui va bouleverser sa vie. Lorsqu'il croise chez son ami le regard de Gina Genobra, il pressent que son destin a changé de cap. La belle Piémontaise de dix-huit printemps est fille de sénateur et petite-fille d'un chanteur et compositeur fameux, Guido Genobra. Ce dernier, qui joua les petits solistes à la voix d'or dans plusieurs films, reste une valeur sûre de l'industrie du disque.

Pour sa part, Gina n'est pas musicienne, mais elle connaît la musique : elle ne veut pas d'un amant, mais d'un mari. Éduquée dans des écoles catholiques, trimballée de ville en ville selon les missions confiées à son père, elle a été élevée par des parents d'une grande culture. Homme brillant, son père est décédé alors qu'elle n'avait que huit ans, et sa mère, souffrante, se repose sur l'Adriatique. On a envoyé la jeune fille en vacances à Narbonne chez de proches cousins et c'est là qu'elle voit son rêve se profiler. Séduite par Alfred, lui aussi déraciné, elle le charme par sa beauté particulière et son élégance discrète. Gina a, dit-on, les traits de Silvana Mangano et s'est choisie le prénom d'une autre vedette de cinéma italien, Anna. Gina ou Anna, peu importe : Alfred

Varonian ne lui résiste pas et souhaite l'épouser sur-le-champ. Mais la « petite » est mineure, l'Arménien devra attendre. Trois ans durant, il la courtise à distance. Deux jours après l'anniversaire qui marque sa majorité, la Milanaise revient à Narbonne se faire passer la bague au doigt. Dès lors, Alfred peut l'entraîner dans son sillage.

Elle a un peu d'argent, et lui un savoir-faire. Avec elle il ouvre au tout début des années 60 sa première boutique de confection dans la capitale, car c'est là que les dames de la haute font la mode en posant sur leurs frêles épaules tailleurs moirés et petits ensembles d'organdi. Il a raison : le succès est au rendez-vous. Le premier magasin, sis rue du Roule, ne désemplit pas. Très vite, il achète le local d'à côté pour s'agrandir. Puis il s'établit en face de l'Élysée. La vitrine est luxueuse. La famille, elle, est aisée sans être riche.

Gina a déjà quatre enfants, Hector, Christophe, Évelyne et Chantal, lorsqu'elle donne naissance, le 13 mai 1958, dans une clinique du VIIIe arrondissement, à la petite merveille : Gloria Bénédicte Célia Varonian, que Gina appelle par son troisième prénom, Célia. Le bébé dans les bras, elle regagne l'appartement qu'ils louent en plein cœur des beaux quartiers, rue de Miromesnil. La vie de famille s'organise autour de la petite fille choyée par une mère qui ne peut quitter des yeux ce petit bout de chou qui lui ressemble tant. Secondée par une nounou sicilienne, Fortuna, qui l'a suivie en France et que les petits surnomment leur « seconde maman », Gina pouponne d'autant plus ce cinquième enfant qu'il sera le dernier, elle le sait. Mère possessive, elle hésite à la confier aux maîtresses du petit cours de la rue du Rocher. La gamine s'y rend pourtant les yeux grands ouverts, muette mais déjà séductrice. Là-bas, elle se fait deux « fiancés » : l'un s'appelle Patrice, l'autre Guillaume. Ce dernier est un petit poliomyélitique qui se déplace à l'aide de béquilles mais dont les dents de lait arborent un sourire ravageur. Guillaume et Patrice, Patrice et Guillaume : tous deux sont accrochés en permanence à la discrète Célia.

Deux amours, un toit parental rassurant, un quotidien paisible : pourtant, contrairement à ses frères et sœurs, la cadette se fait craintive devant cette vie qu'on lui propose. Elle ne sait pas vraiment comment exister entre ces parents apatrides qui n'ont qu'une envie : offrir à leur progéniture la stabilité qu'ils n'ont jamais connue. Son ordinaire manque assurément de fantaisie. Chez elle, il y a des règles à respecter, comme ne jamais se plaindre, éviter d'afficher ses sentiments – « Ne jamais se dévoiler ! Droite et debout jusqu'à la tombe ! », répète sa mère –, ne pas quitter la table avant d'avoir vidé son assiette, attendre son tour pour prendre la parole. Un tour qui ne vient que rarement. Ses frères et sœurs ont tous trois des caractères bien affirmés et il n'est pas simple, pour la plus jeune de la famille, de s'exprimer.

Certains soirs, elle se délecte des dîners d'amis organisés par ses parents. Autour de la table s'échangent des anecdotes, des rires, des chants d'ici et d'ailleurs. La maison des Varonian-Genobra est ouverte à tous, Arméniens, Slaves et Latins. Dans son coin, Célia découvre en leur compagnie le passé aventureux de ses parents et s'interroge sur le pourquoi de son éducation aussi stricte. Et de rêver elle aussi à une vie plus excitante. Elle confiera plus tard à Hervé : « Mes parents ont toujours eu le sens de la fête, du partage ; ils nous ont apporté une ouverture d'esprit, une tolérance inégalées. Venant d'eux, le contraire aurait été étonnant : avant eux, leurs propres parents étaient déjà des citoyens du monde. Ce qu'ils ne m'ont pas appris, en revanche, c'est l'autre visage de l'existence, sa face d'ombre. J'étais trop protégée, je n'ai pas eu conscience de la dureté de la vie qui m'attendait. »

Et ce n'est pas durant les douze années d'éducation religieuse chez les sœurs de la rue de l'Assomption qu'elle va l'apprendre. Dans cette école privée créée en 1853, le projet éducatif est toujours le même : « Enrichir l'esprit, Préserver l'âme, Servir Dieu ». Une institution huppée, bien ennuyeuse pour la romanesque Célia qui ne s'y épanouit guère. Un univers clos, un seul et même uniforme, des copines trop sérieuses pour leur âge : elle a la détestable impression de vivre incarcérée. Là, ce sont messes et retraites obligatoires, catéchisme et bonnes manières inculqués « à coups de pioche ». La jeune fille n'aime pas les contraintes. Même si, paradoxalement, elle prétend parfois y avoir été heureuse, elle avoue : « À l'époque, la mixité n'existait pas, ça me faisait plutôt du bien de me retrouver dans une ambiance de filles, mais, à parler franc, j'en suis sortie écœurée. »

Derrière l'épaisse double porte en bois foncé qui donne accès au grand bâtiment de la rue de l'Assomption, Célia doit apprendre le respect, à commencer par celui qu'elle doit à ses enseignantes. Mère Dominique est une supérieure sévère et rigoureuse. Sur ses traits impassibles et revêches, on peut lire l'autorité et aucune des jeunes demoiselles ne s'aviserait de la contrarier. Ses maîtresses, sœur Luce et sœur Gabrielle, sont de la même trempe. Les chamailleries ne se donnent libre cours qu'à huis clos, le sourire soumis est de mise. Dans l'enceinte du cours, Célia fait plutôt figure d'enfant calme. Toutefois, avec une demi-douzaine de copines, elle forme un clan qui s'est baptisé « Les Sauvageonnes ».

Elles parlent beaucoup, mais agissent peu. C'est à l'extérieur que ce petit monde s'émancipe. « Imagine un peu, confiera Célia à Hervé : Je devais porter un uniforme, jupe bleu marine plissée, chemise bleu ciel, béret avec deux petits "suivez-moi jeune homme" flottant à l'arrière... C'était à mourir de rire ! J'étais grotesque ! » Surtout lorsque l'époque est à la libération des... jambes ! En ville, la minijupe fait tourner les têtes, mais chez les bonnes sœurs, il est de bon ton de regarder droit devant soi. Les religieuses prennent un mètre de couturière pour mesurer la distance requise entre l'ourlet et le genou de leurs élèves. La transgression des « Sauvageonnes » ? Rouler le haut de leur jupe et la remonter dès qu'elles ont quitté la rue de l'Assomption... « On ne voulait pas avoir l'air de cruches ! » s'exclame-t-elle.

C'est avec ces copines-là que la jeune Célia passe une grande partie de sa jeunesse : le jour, le soir, les weed-ends lorsqu'elle ne se rend pas à la campagne. Elle les suit même quelquefois dans des voyages initiatiques comme cette découverte de Lourdes, plus propice à la rigolade qu'à la dévotion. Ce sont ces condisciples qui lui font oublier ses accès de mélancolie. « Elle était bonne élève en tout, se souvient l'une d'elles prénommée Régine, elle montrait plus de sérieux que les autres, on la sentait plus mûre. À côté d'elle, on avait l'impression d'être encore des gamines, alors qu'on avait le même âge ! » Elle sait déjà se contrôler. Son existence est bien réglée, elle est capable de s'imposer rigueur et réflexion. « Elle mettait une certaine distance entre elle et nous, continue l'amie en question. Mais je crois que, de sa part, c'était inconscient. En fait, elle observait beaucoup, restait parfois en retrait, ne participait pas toujours aux conversations. Mais lorsqu'elle était décidée à parler, elle s'exprimait sur tout, y compris le plus intime. » Célia aime la vie, mais ne le laisse pas paraître. Chez elle, on lui inculquait la sérénité, le goût du bien-être. On lui avait enseigné certaines valeurs. Elle s'est astreinte au sérieux jusqu'à en devenir presque ennuyeuse aux yeux des autres.

Les vacances viennent briser le rythme régulier des périodes scolaires. Emportée par la fièvre estivale, elle y joue les intrépides. Certains étés, à Collioure où la famille de sa grand-mère possède une villa, elle arpente la plage ou parcourt les pentes pyrénéennes. Autour des grands feux de la Saint-Jean, elle observe en silence le mouvement des flammes et accompagne les rires et les chants des vacanciers sous les étoiles. À Trouville où la famille Farand accueille les Varonian pour des séjours vivifiants, elle regarde le mouvement des marées dégager des kilomètres de sable et se demande jusqu'où cette eau peut bien reculer ainsi. Enfin, à Saint-Evroult, au sud de Paris, où la tribu débarque tous les week-ends, elle passe des moments exceptionnels. Là, en pleine Beauce, Alfred a acheté à la fin des années 50 un presbytère en ruines qui était devenu le dépotoir du pays et qu'il a baptisé Beauséjour. Drôle de résidence secondaire que cette masure mi-effondrée et nauséabonde où les habitants du village venaient déposer leurs ordures ! Enceinte de Célia lorsqu'elle a visité pour la première fois cette « maison de campagne », Gina a failli avoir une attaque ! Alfred, pourtant, y voit l'œuvre de sa vie : il passe des heures à la retaper. Là, à une cinquantaine de kilomètres de Paris, ses aînés et elle rejoignent une bande d'amis pour des périples dignes des meilleures histoires du *Club des Cinq*. Le ravissant village, construit sur le tracé de voies romaines, voit débarquer régulièrement des chercheurs de monnaies anciennes, des jeunes chasseurs de trésors et des adeptes de groupements plus ou moins ésotériques. Il n'en faut pas plus pour qu'entre enfants on se raconte des histoires de clairières ensorcelées et de grottes hantées, ou s'imagine en héros de contes mystérieux. Entourée de gamins aventureux, la petite Célia s'épanouit comme une fleur au soleil. La bande, menée par des frangins qui n'ont peur de rien, s'en va jouer dans le vieux moulin voisin alors qu'y monter est strictement interdit ; elle se donne rendez-vous au petit pont qui franchit l'Orge pour y chasser les dernières écrevisses et pêcher l'ablette ; elle joue à cache-cache dans les sentes, les vieilles venelles, elle rejoint le reste de la troupe sur la place de la mairie pour une balade à vélo, puis, plus tard, pour des virées à moto sous l'impulsion de Christophe, féru de deux-roues, fier d'impressionner le village avec les pétarades de ses engins !

Voilà ce qu'aime profondément Célia : cette liberté ludique et sans limites, cette amitié sans effusion mais à toute épreuve. Un de ses copains de vacances se souvient pourtant qu'elle était, toute petite, le souffre-douleur de la bande. Rien de bien méchant, mais, dès qu'il y avait quelqu'un à précipiter dans la citerne-piscine, c'était elle ! D'autres se remémorent Fortuna, la si « remarquable » nounou sicilienne, toujours vêtue de noir, les traits marqués par quelque passé douloureux. Ou encore les deux bouledogues qui veillaient à la porte de Beauséjour. Le grand salon précieusement décoré qui accueillait les visiteurs, « un intérieur très chaud, meublé de bois, de bibelots, d'objets de famille », se rappelle tel autre qui, petit garçon, fréquentait l'endroit et dont la maman s'habillait dans le magasin d'Alfred. « Je me souviens du papa de Célia, se rappelle-t-il encore. C'était un homme à l'accent prononcé, charmant, l'air bienveillant. Son épouse était élégante, distinguée. Même si, à l'époque, nous n'avions que dix à douze ans, sa grande beauté nous frappait. On aurait dit une vedette de cinéma. »

Trente ans, quarante ans après, Célia replonge elle aussi dans ses souvenirs grâce à un film de Jean Bouverie dont elle garde jalousement la cassette. Le réalisateur avait eu un coup de cœur pour le village de Saint-Evroult et son presbytère retapé, et y avait tourné une séquence. On y aperçoit les quatre frères et sœurs disputant une partie de cartes et Célia, du haut de ses cinq ans, courir derrière un ballon...

En 1970, alors qu'elle y passe son douzième été, elle s'amuse toujours autant avec ses camarades. Toutefois, elle se sent plus fatiguée. Courir la laisse vite essoufflée. Sa mère, inquiète, prend rendez-vous chez le médecin qui diagnostique une malformation de la trachée. Il faut opérer. L'intervention se déroule bien. Sous sa tente à oxygène, Célia fixe tout au long de la journée une affiche punaisée au mur de sa chambre et qui représente le Mont-Blanc. Sur sa table de nuit, une pile de livres. L'un est rédigé en anglais, nombre de ses pages sont cornées ; elle le lit et le relit sans se lasser, dévorant chacun des paragraphes de ce qui se révèle être pour elle une sorte de guide spirituel. Intitulé *Vouloir c'est pouvoir*, il est l'adaptation d'un traité dû à un philosophe indien et sa teneur va modifier sa perception de la vie. De ces lignes elle retient que tout un chacun a de la volonté à revendre, mais qu'il faut savoir s'en servir. Un conseil qui aura encore le temps de mûrir dans la tête de cette jeune adolescente effacée.

De son séjour à l'hôpital elle garde également en mémoire le visage du professeur Alphand, venant lui rendre visite quotidiennement, et le regard angoissé de sa mère. Une angoisse qui ne quittera jamais tout à fait Gina, ébranlée par cette épreuve. Ses parents étaient tout le temps inquiets pour elle, mille fois plus attentifs à sa santé qu'à celle de ses frères et sœurs. Et pourtant elle ne s'était jamais sentie malade, tout au plus fatiguée, et si l'opération avait été spectaculaire, elle a eu tôt fait de l'oublier. Leur comportement l'agaçait : elle n'appréciait pas qu'ils fissent des différences entre elle et les autres. « Je me sentais aussi forte qu'eux, et d'ailleurs, je ne suis jamais souffrante. La petite fille fragile a donné une adulte d'une solidité de fer », aime-t-elle à répéter.

Dès sa sortie de l'hôpital, Gina envoie sa fille en convalescence chez des amis de la famille, à Gênes. Guérie, Célia prend quinze centimètres en trois mois. Lorsqu'elle rentre, elle est une autre : Quand elle passe devant sa mère à l'aéroport, Gina ne la reconnaît pas. « J'étais toute bronzée, j'avais énormément maigri, car je m'étais étirée, j'avais changé de coiffure : c'était une métamorphose. D'un coup, la machine réparée, la croissance était repartie ! » confie-t-elle en riant.

Mais on ne saurait évoquer l'enfance de Célia sans mentionner également l'omniprésence des partitions et instruments de musique dans la maison. Gina s'était mise en tête que sa fille serait musicienne ou chanteuse, à l'image de son grand-père, le fameux Guido Genobra. Célia ne dit pas non, ne rechigne pas à répéter inlassablement, ne manque jamais ses cours, mais elle sait parfaitement que les croches et doubles-croches ne la touchent pas aussi intensément que son aïeul. « Les cours de musique à haute dose, ça n'a rien de captivant pour un enfant, reconnaît-elle. Lorsque je quittais l'école, j'avais encore deux heures de solfège à me farcir alors que mes copines s'amusaient ! » Une pratique quasi professionnelle de la flûte traversière, suivie par un ami de la famille, le virtuose Igor Panini, qui ne tarit pas d'éloges sur ses interprétations, permet à la jeune fille de passer avec brio le concours de la Ville de Paris. Elle dédie cet exploit à ses parents et, soulagée, remise son instrument pour ne plus jamais y toucher. Elle dit alors à ses parents : « Maintenant, il faut me laisser vivre comme une enfant. » Il n'y avait chez elle aucune vocation musicale ; elle ne faisait que souscrire à une obligation. Si, aujourd'hui, elle en éprouve un certain regret, comme pour un acte manqué, c'était alors davantage pour elle un fardeau. Enfant, s'amuser à chat perché ou à la balle au prisonnier est bien plus palpitant que jouer et rejouer sempiternellement la même mélodie de Lalo.

Dans ses jeunes années, Célia a donc rarement sorti ses baigneurs en Celluloïd du coffre à jouets.

Peu importe : elle préférait faire les quatre cents coups avec ses frères et sœurs qui l'acceptaient volontiers dans leur bande. Elle a beau être la petite dernière, elle ne se rappelle pas avoir été traitée comme un bébé, encore moins comme une « pisseuse ». Elle a d'ailleurs l'art de se fondre dans l'humeur d'un groupe, elle improvise à l'envi, adopte les jeux des autres. Rien ne la dérange : en vacances à la campagne, elle porte les jeans et les bottes qui ont déjà fait quatre garçons et filles avant elle. « Je n'ai pas été élevée comme une petite fille modèle et mon enfance n'a rien à voir avec *Les Malheurs de Sophie* ! admet-elle volontiers. Je jouais aux cow-boys et aux indiens et finissais immanquablement ligotée à un arbre. »

L'issue de ces jeux n'est pas sans provoquer des disputes. Dans la famille, on est ainsi : on s'enguirlande sans cesse pour se rabibocher aussitôt. De toute façon, la fillette est trop timide pour tenir tête à ses aînés. Pour survivre dans cette famille aux si fortes personnalités, il lui faut trouver et rassembler des ressources. Encore fragile en raison de ses problèmes de santé, elle se met alors « en attente » et emmagasine des informations pour le jour où elle se sentira prête à parler et à agir, à vouloir et pouvoir.

À ce moment-là, les aînés sont plus ou moins partis en internat. Hector était un surdoué, particulièrement vif et brillant ; le jour de ses onze ans, il a lancé à ses parents médusés : « Je ne peux pas me concentrer à la maison ; je veux aller en pension ! » Pourquoi pas ? À la maison, l'éducation est certes sévère, notamment pour ce qui concerne les études, mais si Hector souhaite s'isoler pour mieux réussir, autant lui trouver le meilleur pensionnat de la région. Ce sera l'institut Heurtebise, près de Versailles, où il restera jusqu'en terminale. Christophe l'y suivra. Mais le costume trois-pièces bleu foncé et la cravate rayée tricolore ne seront jamais vraiment de son goût. Célia brûle de les y rejoindre. Car il y avait là-bas énormément d'activités physiques. Le sport, elle a toujours adoré ça. Ses parents montaient tous deux à cheval et skiaient magnifiquement ; sa mère était aussi excellente joueuse de tennis. « Chez nous, on ne tenait jamais en place », dit-elle. Oui, mais à l'époque l'institut versaillais était réservé aux garçons. Ce qui, au demeurant, arrangeait plutôt Gina, incapable de se résoudre à l'idée de se séparer de sa petite dernière... Célia restera donc rue de l'Assomption jusqu'à l'année du bac, entre cours d'enseignement général, leçons de couture, solfège, latin et réjouissantes récréations avec les autres « Sauvageonnes ».

En 1975, lorsqu'elle quitte les sœurs pour les amphis de la Sorbonne, une page se tourne. À dix-sept ans, elle s'inscrit en lettres dans la vague idée de devenir journaliste, mais cette filière ne la comble guère. Peu importe, après tout : elle a quitté les locaux confinés de la rue de l'Assomption pour les bancs de l'université. Toute une aventure pour celle qui a jeté aux orties son uniforme de sage collégienne. Un dévorant sentiment de liberté, un puissant désir de rattraper le temps perdu l'envahissent : elle veut maintenant s'en donner à cœur joie.

S'émanciper ne se révélera pas si aisé qu'elle le pense. Mais l'adolescente va peu à peu laisser la place à une femme en devenir, et celle-ci saura bientôt imposer ses premiers choix.

3

Premières amours

Célia a dix-sept ans. La voici disposée à profiter de la liberté qu'elle n'a pas encore connue. Après avoir passé le bac haut la main – mention très bien –, la brune et gracieuse demoiselle monte avec ravissement dans le bus qui la conduit de la rue de Miromesnil au Panthéon. En regardant défiler le paysage urbain, en franchissant la Seine, elle pense aux plaisirs de la vie qu'il va lui falloir s'offrir de toute urgence. Elle aimerait tant s'épanouir, mais ne sait encore comment s'y prendre. Pas évident, pour une jeune fille qui manque à ce point de confiance en soi, qui ne s'exprime presque jamais en public, qui se laisse si facilement influencer par sa famille et ses amis. Célia est en chantier. Peu à peu elle se construit, mais elle n'a pas encore idée du temps que va prendre son accession au monde idéal dont elle rêve.

Sur le parvis de la fac, sa bande de copains – dont certaines « sauvageonnes » de la rue de l'Assomption, également inscrites en lettres, attendent en s'apostrophant et en riant fort le début du premier cours matinal. Elle les observe et les envie. Jamais elle ne pourrait ainsi s'esclaffer au risque de se faire remarquer. Elle les rejoint à grandes enjambées, les cheveux au vent, la minijupe assumée, mais chaussée de ballerines plates pour ne pas dépasser les garçons. Elle mesure déjà plus d'1,75 mètre et n'en est pas du tout fière : trop grande, trop mal dans sa peau, trop différente. Elle ne parvient pas à se mouvoir naturellement dans l'espace ; complexée par sa grande carcasse, elle voudrait se fondre dans le paysage alors qu'on la voit arriver de loin. C'est pourquoi elle se montre un rien hautaine, affichant une feinte froideur : elle édifie autour d'elle une palissade qu'il faut savoir escalader pour atterrir de plain-pied dans son jardin secret. Célia devra apprendre à s'aimer pour s'imposer. Pour l'heure, elle est plutôt du genre suiveuse, pour peu qu'on lui permette de croquer la vie à pleines dents.

Elle n'a plus vraiment la tête aux études. Elle a été bonne élève chez les Sœurs ; curieuse de tout, dévoreuse de livres, elle aime apprendre, mais elle cherche désormais autre chose. Surtout, elle découvre les soirées passées entre copains à refaire le monde, les discussions à n'en plus finir sur la vie, l'amour, l'avenir. Peu importe qu'elle-même se tienne coite. Elle écoute, assimile, analyse, trie. Elle engrange pour restituer ensuite les informations retenues sans commettre d'erreurs : parler peu, mais parler bien.

Évidemment, on l'apprécie, car sa présence n'est guère encombrante. Elle ne prend pas ombrage de l'indifférence qu'on lui témoigne parfois. Elle se sent trop mal dans sa peau pour se rebiffer : « laide », « stupide », « nulle » et elle en passe, autant de mots qui résonnent dans sa tête pourtant bien faite. Ce désir constant de ne pas se mettre en avant va de pair avec un caractère influençable. Elle laisse souvent ceux qui l'entourent prendre les décisions à sa place. Elle a beau se donner l'air de savoir ce qu'elle veut dans la vie, son premier souci reste de faire plaisir à Gina, sa mère.

Ainsi connaît-elle sa seconde expérience d'actrice – pour la première, elle courait derrière un ballon, fillette, dans le film de Jean Bouverie – lorsque René Touati, ami de la famille, demande à Gina si elle accepterait que sa cadette tienne un très court rôle dans son téléfilm *Les Fruits défendus*. Elle donne son accord et voilà Célia interprétant comme elle peut le rôle d'une secrétaire débutante. C'était à parier : elle n'apprécie pas l'exercice. « Je n'y arrivais pas, plaide-t-elle aujourd'hui lorsqu'on lui en parle. Après le tournage, je suis allée voir le réalisateur et je lui ai dit : "Écoute, René, je t'aime beaucoup, mais je ne suis pas du tout faite pour jouer la comédie." Il avait beau me répéter : "Mais si, mais si, t'es très bien !", ce bout d'essai était pour moi peu concluant, j'avais vraiment envie de faire autre chose et je n'ai d'ailleurs jamais vu le film ! »

Au moins avait-elle osé dire cette fois ce dont elle ne voulait pas. Une journée à marquer d'une pierre blanche ! L'insatisfaite aborde une période de son existence où elle va enfin envoyer valdinguer excès de sagesse et mélancolie. Et c'est dans les bras d'un garçon qu'elle va se débarrasser des tourments et embarras de l'adolescence.

Son premier béguin s'appelle Michel, il suit avec elle des études de lettres modernes à la fac. Depuis leur premier baiser, ils ne se quittent plus : pupitre commun, copie contre copie. Il est le fils du propriétaire d'une chaîne hôtelière et a le train de vie qui va avec. Dans ses bras, l'étudiante empruntée se transforme en romanesque Célia : miss Varonian oublie qui elle est !

Un beau matin, l'amoureuse glisse quelques affaires dans un sac de voyage et ne prend pas le bus jusqu'à la rue Soufflot. Elle s'engouffre dans la Maserati de son chevalier servant, direction : le paradis ! Une fugue qui va durer six mois, au grand dam de ses parents qu'elle contacte de temps à autre pour leur épargner de s'affoler outre mesure. Après tout, elle n'est pas si loin – elle s'est installée dans la maison de campagne familiale du jeune garçon –, mais l'insouciance lui fait tant de bien !

Pour autant, comment voulez-vous expliquer cela à Gina, effrayée par cet accès d'indépendance ?

Gagné par l'inquiétude de son épouse, Alfred finit par se laisser convaincre que l'heure est à la remontrance. Célia a besoin qu'on la remette dans le droit chemin et ce sont ses parents qui se chargent de la réveiller de son doux rêve d'amour et d'eau fraîche. « Maintenant, la comédie est terminée ! Reviens ! » lui ordonne Papa qui fait enfin preuve d'un peu de poigne envers cette cadette trop choyée. Car si Célia évoque souvent l'austérité de l'éducation qu'elle reçut, elle admet volontiers qu'en ces années-là, on la laissait faire à peu près tout ce qu'elle souhaitait : « J'aurais mérité qu'on me tienne davantage la bride », reconnaît-elle.

Ce ne sera jamais le cas. Elle regagne donc le toit parental sans trop de résistance, sentant bien de toute façon que sa romance avec Michel est terminée. Elle ne retourne pas pour autant s'asseoir dans les amphis de la fac : elle a goûté à la vraie liberté, on ne la remettra plus sous cloche.

Elle aborde ses vingt ans avec un regard plus aiguisé, plus clairvoyant. Avec ses utopies, ses bavardages faussement pertinents, ses emballements fugaces, ses causes sans fondements, le monde des étudiants ne la concerne plus. Discuter sans agir, sacrifier des années de sa vie à s'initier à des disciplines à l'utilité desquelles elle ne croit guère, traîner ses grandes guiboles dans les couloirs d'une fac bondée de jeunes avec qui elle ne se sent pas grand-chose en commun, non ! Elle a d'autres projets. Elle aspire à s'engager dans le monde du travail. Enfin elle ose prendre des décisions toute seule. Elle veut s'émanciper, gagner elle-même son argent. Elle a hâte d'être traitée en adulte.

Ses centimètres en trop qui l'handicapent, elle va en faire un avantage. La voici engagée par une maison de haute couture parisienne. La boutique du styliste turinois Giaccomo Biti, située avenue de l'Opéra, avait fermé ses portes en 1962. Un certain Robert Dubois a repris la griffe quelques années plus tard et tenté de faire revivre le faste de ce créateur excentrique, grand ami de Cocteau et rival de Coco Chanel. Les doyens du Tout-Paris se souviennent peut-être encore du défilé hallucinant qui, vers la fin des années 70, illumina les marches de l'Opéra. Des mannequins, parmi lesquels Célia, descendaient sur une musique dodécaphonique l'escalier du palais Garnier en tenant un flambeau à la main. Expérience unique pour mademoiselle Varonian qui, en réalité, jouait les portemanteaux – comprenez : mannequin-cabine – en nocturne, chez Giaccomo Biti. « Ce qui, entre nous, n'a rien d'honorable, explique une de ses homologues. Vous restez debout toute la nuit, on vous passe les robes achetées par les clientes, et on fait les retouches sur vous. Ça rapporte plutôt bien, car il n'y a pas grand-monde pour accepter de faire ce boulot-là. » Même si on lui répète que tous les modèles qu'elle endosse sont très « tendance », elle ne rêve pour sa part que d'aller se coucher…

Et pour cause : dans la journée, le modèle se transforme en attachée parlementaire au service de Romuald Briscard, député des Landes, sans étiquette, mais bientôt apparenté à l'Union centriste. C'est un vieil ami d'Hector, son frère aîné. Celui-ci, depuis les États-Unis où il s'est installé, veille toujours sur le sort de sa sœur cadette. Il demande d'ailleurs régulièrement au député si la petite se débrouille comme il convient. Ce dernier répond invariablement qu'il la trouve un tantinet effacée, mais efficace. Place du Palais-Bourbon où sont situés ses bureaux, elle s'occupe d'organiser des séminaires sur la francophonie, des relations avec la région Aquitaine, mais aussi du courrier, des rendez-vous... Un travail de fourmi qui lui plaît beaucoup. Se sent-elle déjà attirée par le milieu politique ? Curieuse et toujours séduite par ce qu'elle ne connaît pas, elle se montre en tout cas rigoureuse et travailleuse.

Physiquement, elle change à vue d'œil. Depuis que monsieur Dubois l'a prise sous son aile, se donnant pour mission d'en faire une élégante, elle se sent plus assurée, toisant les hommes, ignorant les regards courroucés des femmes devant ses manières parfois désinvoltes. Le couturier lui apprend en effet à parler, à s'habiller, à se mouvoir, mais aussi à impressionner. Et elle adore ça. Célia perçoit nettement qu'elle bénéficie d'une toute nouvelle influence, d'une emprise sur les autres depuis que son mentor – elle en connaîtra d'autres – lui inculque l'art d'être une femme de pouvoir, ce fameux pouvoir sur les autres...

Côté cœur, en revanche, elle ne parvient pas à trouver la stabilité. Deux hommes ont alors traversé sa vie. L'un, fiscaliste dans un grand cabinet parisien, amateur de golf, joueur lui-même, l'emmène en week-end à Dinard dans sa décapotable. L'autre, fils d'un futur membre du Conseil constitutionnel, l'introduit dans les milieux intellectuels parisiens. Avec ces deux fiancés potentiels, elle s'est chaque fois imaginé « femme de », mais les hommes n'aiment guère se sentir pieds et poings liés, même par une grande liane brune comme elle. Cette jeune fille-là ne sait pas cacher son jeu. Lorsqu'elle séduit, c'est toujours dans le même dessein, celui d'épouser un homme qui saura lui assurer une existence haut de gamme. C'est le fruit d'une éducation, celle de sa mère qui ne cesse de lui répéter : « Tu auras une vie pas comme les autres, ma fille. »

Sa deuxième grande histoire d'amour après Michel a pour prénom Dominique. Elle se révèle moins légère et fugace que la précédente. L'homme est de bonne famille ; c'est un cinéaste reconnu. Elle l'a rencontré dans un dîner, trois ans auparavant. Il est de douze ans son aîné, mais ils vont très bien ensemble. Elle touche alors du doigt l'une de ses aspirations les plus profondes : bâtir une famille unie à l'image de celle de ses parents. « Il y avait une relation très douce entre eux deux, se souvient Olga, une de leurs amies communes ; ils ne se disputaient jamais, ils étaient toujours entourés et paraissaient nager dans le bonheur. »

Ils n'habitent pas ensemble – Célia n'a toujours pas quitté la rue de Miromesnil – mais se voient très souvent. Elle se sent protégée par lui, et admire son talent. Lui, est fou amoureux de sa belle et, un soir, va jusqu'à se mettre à genoux pour la conquérir définitivement en lui demandant sa main. La tête de Célia lui tourne. Elle dit oui, emportée par une vague d'euphorie romantique, s'imaginant déjà toute vêtue de blanc ivoire, un jupon en taffetas caressant ses jambes gainées de bas de soie, chaussées d'escarpins blancs à talons aiguille, la guipure dégringolant sur ses bras nus et un chignon perlé retenant ses mèches brunes. À cet instant, elle est Cendrillon se métamorphosant en princesse, dévorée des yeux par une assistance distinguée tandis qu'elle s'avance vers l'autel au bras d'Alfred Varonian, son père. Oui, la tête lui tourne !

Les fiançailles ont lieu dans les règles : elle se laisse glisser la bague au doigt qui recevra bientôt l'alliance dorée. Puis les parents des futurs époux se lancent avec gravité dans les préparatifs d'un mariage qui se doit d'être aussi somptueux qu'élégant. Les cartons d'invitation sont envoyés aux nombreux invités dont certains ont déjà envoyé des présents ; la robe est commandée, les tables réservées au Bristol, les bans publiés à la mairie d'arrondissement. Mais voilà que c'en est trop pour Célia. Elle n'est pas prête à voir s'accomplir son rêve de jeune fille. Elle n'a pas encore eu le temps de profiter à plein de ses jeunes années et, trois semaines avant le grand jour, elle s'interroge : ne devrait-elle pas attendre un peu avant de se lancer dans cette grande aventure familiale ? Après tout, rien ne presse. Au fur et à mesure que les jours passent, elle se sent prise de panique.

Se rendant à l'évidence, elle court chez sa mère, tambourine à la porte, s'engouffre dans le salon, croise le regard interloqué de Christophe, son frère puîné, et se jette alors dans les bras de Gina ; elle lui lance dans un souffle : « Écoute, maman, je crois que je ne veux plus me marier. » Craignant d'avoir mal compris, sa mère la fait répéter puis lui dit : « Tu as bien réfléchi ? Qu'est-ce qu'on fait maintenant ? » Célia répond : « Je ne sais pas. Fais ce que tu veux, mais je ne me marierai pas. »

Personne ne tentera de la faire changer d'avis. Il n'y a plus à discuter, l'affaire est entendue : les épousailles princières n'auront pas lieu. Et tant pis pour le conte de fées !

« J'avais l'impression de me marier pour l'image d'Épinal, se rappelle aujourd'hui Célia. Je m'étais laissée emporter par l'enthousiasme général, la belle robe, la cérémonie magnifique, cette tablée d'invités… Puis, d'un seul coup, je me suis dit : "Mais qu'est-ce que je fais ?" Ça n'est pas n'importe quoi, le mariage. On ne convole pas en se disant : "Si ça marche pas, je divorce !" J'ai alors senti que j'allais m'engager pour de mauvaises raisons. »

Pourtant, elle y a cru. Chaque fois qu'elle rencontre et s'éprend d'un homme, pour elle c'est du sérieux, du « pour toujours », du « à jamais ». Les flirts d'un jour, connaît pas. À l'instant même où elle tombe amoureuse, la terre entière peut bien s'écrouler… Après, c'est autre chose. Elle s'aperçoit un beau matin que la flamme n'est plus ce qu'elle était ; elle piétine elle-même les dernières braises.

Et le fiancé, dans tout ça ? Pour Dominique, le choc est rude, même s'il avait senti le vent tourner et avait lui-même fini par douter de cette union. Germain, un proche du cinéaste, explique : « Si nous avons tous été surpris par le revirement de Célia, c'est sans doute parce que nous étions plusieurs à penser que c'était lui qui annulerait le mariage. Il nous avait confié qu'il sentait en elle une femme manipulatrice, ce qui le perturbait et l'angoissait de plus en plus. » Célia n'a nullement l'intention de fuir et explique sans états d'âme à Dominique que ces noces sont au-dessus de ses forces, avant de lui faire ses adieux. Un acte irrévocable dont elle sera plutôt coutumière par la suite…

S'en est-elle voulu d'avoir infligé pareil revirement à son fiancé ? À peine. À vingt ans, on oublie vite. Et elle n'est pas de celles qui culpabilisent. Elle va répétant : « C'est la vie. » Elle entend poursuivre la sienne différemment. Cette histoire d'amour a été un agréable chemin de traverse ; elle entend reprendre sa route principale. Elle confie alors à Ursula, une amie : « J'avais l'impression de jouer à la petite fiancée, puis à la future petite mariée. Ce qui montrait bien que j'avais encore besoin et envie de m'amuser. »

Pourtant, si ses parents l'accueillent de nouveau au bercail de la rue de Miromesnil, ils lui montrent rapidement la sortie : ce n'est pas une bonne chose qu'une fille de son âge vive encore sous le toit de papa-maman. Ce n'est pas pour autant qu'ils déposent ses valises devant la porte : ils louent pour elle deux chambres de bonne, rue de Madrid, dans un immeuble bourgeois du VIIIe arrondissement. Deux minuscules surfaces qui deviennent après travaux un petit appartement plein de charme dans lequel Célia, redevenue célibataire, reprend en jubilant son existence d'adolescente. Et peu importe qu'elle ait déjà soufflé ses vingt-quatre bougies !

Avec ses copines elle sort tous les soirs. Rarement dans les boîtes de nuit : trop de bruit, on ne s'entend pas, et Célia, depuis toujours, aime écouter. Ce sont plutôt des dîners-conversations à n'en plus finir, chez les uns ou les autres, jusqu'à 3 heures du matin, avant de recommencer le lendemain, parfois avec une séance de cinéma juste avant d'aller grignoter. Le week-end, par contre, elle le consacre toujours à ses parents qui l'emmènent avec eux à Saint-Evroult. Il lui arrive aussi de voyager lorsque l'occasion se présente. Une fois, elle a sauté à l'improviste dans un avion pour aller passer le Premier de l'an en Australie : on lui avait proposé de défiler comme mannequin en échange d'une semaine de vacances à Sydney, une aubaine !

Tout au long de ces années-là, elle n'en fait qu'à sa tête, tout en restant sous la vigilante protection de ses frères et sœurs qui la surveillent de près, en concertation avec les parents. Un vrai clan sicilien ! Pour désamorcer les questions embarrassantes, Célia se montre gentille fille et passe quasi quotidiennement raconter ses journées ou ce qu'elle veut bien en dire…

Mais les soirées à papoter, les nuits à jouer les mannequins-cabine, les journées à organiser le travail d'un parlementaire, ce mode de vie ne peut durer éternellement. Lorsque, à bout de fatigue, elle abandonne ses séances nocturnes chez Giaccomo Biti, elle se consacre à plein à son métier d'attachée parlementaire. Pour autant, pas question de se coucher sitôt la nuit tombée ! Avec ses copines, c'est toujours la belle vie. Mais la jeune femme à beau se sentir libre comme l'air, elle va bientôt réemprunter le « chemin de traverse », qu'elle a quitté trois ans plus tôt. Ce sera pour un homme prénommé Jean qui, lui, parviendra à la retenir dans ses filets.

4

Jean, le premier

Dans la rue on le salue, on l'interpelle, on se retourne sur son passage. Parfois on lui lance en riant cette phrase qu'il répète chaque soir au théâtre : « Merci pour vos applaudissements ! » Cet homme que l'on regarde davantage qu'un autre est un clown triste, et lorsqu'il répond d'un clin d'œil à ces marques d'affection, c'est en se posant une question simple mais cruelle : « Ne suis-je pas en train de gâcher ma vie en jouant les amuseurs ? » Pourtant, depuis 1979, il présente tous les samedis soir une émission grand public réservée à ses pareils. C'est à cette époque que Célia Varonian entre dans la vie de Jean Clérac, l'imitateur le plus connu et le plus apprécié des Français.

Cette fois, il ne s'agit pas d'un coup de foudre, plutôt de la fascination qu'exerce sur une jeune femme de quelque vingt-cinq ans une vieille bête de spectacle qui a franchi la cinquantaine.

Comme des millions de téléspectateurs, elle regarde de temps à autre « Comme si c'était lui », émission que ses parents aussi apprécient. Incontournable le samedi soir sur le petit écran, il va bientôt le devenir dans la vie de la belle brune qui ne cessera plus de s'étonner d'une liaison dont l'issue sera un mariage voué à l'échec.

Nous n'en sommes pas là. Clérac, donc, est un bateleur, un marathonien de l'antenne. Au faîte de sa gloire, il parvient, sur les chaînes où il se produit, à fédérer tous les publics. L'un de ses programmes est vite devenu une institution : « Le sac à malices ». Il y parodie les célébrités du moment, hommes ou femmes, et fait rire à leurs dépens la France entière. Dans l'« École des prodiges », il fait chanter des jeunes amateurs à la façon des grandes vedettes du disque et ne recule pas à mêler sa voix à la leur dans des duos drôlatiques. En fait, Jean est un excellent chanteur, féru d'opéras et d'opérettes, grand amateur de musique classique. Parfois, en coulisse ou en cours de répétitions, il se laisse aller à l'autocritique, comme si se flageller pouvait le consoler de tant de pitreries : que fais-tu donc de ta vie, Clérac? Regarde où tu en es : sur un plateau de télé à imiter des médiocres, alors que tu vendrais ton âme pour faire craquer les planches sous tes pieds ! Certes, ses émissions illuminent les soirées pluvieuses de millions de gens confinés chez eux : malades, vieux, retraités dans une province reculée... De tous et de chacun Jean Clérac est l'ami souriant. Mais ce qu'il aimerait, lui, c'est conquérir par sa voix des spectateurs affluant du monde entier pour l'entendre à Aix, Vienne, Milan, Londres ou New York. Sacré dilemme pour un homme happé par la télévision et à qui la scène, la vraie, donne si peu.

Lorsqu'il pousse la porte du Grenadin, le restaurant de la rue de Naples, dans le VIIIe arrondissement, un soir de 1982, il ne pense à rien de tout cela, il s'apprête à dîner avec sa fille et le petit ami de celle-ci, et il n'y a pas plus apaisant, pour Jean, qu'un bon repas. Célia, elle, a beaucoup hésité avant d'accepter d'accompagner une de ses copines au cinéma. Elle va sur ses vingt-cinq ans et les soirées tardives entre filles commencent à la lasser. Elle ne se sent pas encore adulte, on la traite toujours à la maison comme une fillette, et elle se rend compte que ses sorties nocturnes, si bien tolérées, ne l'aident nullement à s'émanciper. Le week-end, elle retourne immanquablement se lover dans le cocon familial, pose sa tête sur l'épaule bienveillante de sa mère, oublie qu'il faudra bien qu'elle grandisse un jour.

Mais ladite copine est pugnace. Surtout, elle est malheureuse. En instance de divorce, elle a besoin de se changer les idées et de se confier. Or, écouter est ce que Célia sait faire de mieux. Va donc pour la séance de 18 heures ! Sur les Champs, on joue *Mon jeune et tendre amour*, avec le grisonnant Richard Flemming. Dans ce film à l'eau de rose, l'acteur américain est plus séduisant que jamais et Célia se plaît à rêver qu'elle est sa *pretty woman*, tandis que sa copine se demande bien pourquoi elle n'a pas pris l'avion pour Hollywood la veille du jour où elle a dit « oui » au mari qui la quitte aujourd'hui...

Elles en sont là de leurs réflexions quand Jean Clérac s'approche de leur table. La copine connaît en effet l'imitateur depuis quelques années, il est au courant de ses déboires conjugaux. Un coup d'œil à Célia, puis Jean s'assied entre elles deux et s'emploie à consoler l'infortunée. Il ne se passe pas grand-chose pendant cette fin de repas : la conversation roule sur les affres de la vie et, mon Dieu, Célia en tombe bien d'accord, les choses de l'amour sont terriblement difficiles à vivre. Mais elle n'est pas de celles qui s'apitoient sur elles-mêmes, elle n'aime rien de moins que les plaintes et les gémissements. On ne lui a jamais appris à se laisser aller et elle exhorte son amie à se ressaisir. Clérac trouve décidément charmante cette grande brune qui ne connaît rien à la vie mais qui semble en avoir déjà tout compris. Qui plus est, il fond devant les femmes aux yeux d'enfant. Il aime à surprendre leur regard admiratif lorsqu'il déploie son savoir à leurs pieds.

La grande brune remarque à quel point l'imitateur est charmant de réconforter la délaissée pendant deux bonnes heures d'horloge. Lorsqu'il part, il n'y a pas de second rendez-vous fixé, pas de clin d'œil, aucune allusion complice. L'homme est de la vieille école, il ne bouscule pas les événements, préfère les créer subrepticement. Mais sans trop tarder. Lui non plus n'est pas du genre à tergiverser. Le lendemain, donc, il appelle sa copine pour l'inviter à dîner dans sa résidence de Neuville-sous-Bois et lui glisse, l'air de rien : « Ah, tu amènes ta copine. Qui est-ce ? »

Curieuse d'en savoir plus long sur le personnage, Célia se sent flattée qu'un homme aussi populaire la courtise. Au cours de ce mémorable souper – potage aux truffes et poularde de Bresse préparés par le maître de céans –, Jean en fait des tonnes pour l'impressionner et elle écarquille les yeux devant ce saltimbanque à la culture phénoménale. Qu'on imagine cette jolie fille, élancée, croquant la vie à belles dents, face à un homme de la trempe de Clérac, aussi érudit que drôle et beau parleur. Il a plus de vingt ans qu'elle et n'en fait qu'une bouchée. Il confiera à un proche : « Elle est belle, mais il y a en elle autre chose qui m'émeut. Peut-être une façon différente, bien à elle, de voir la vie. »

Les tête-à-tête qui suivent sont plus impressionnants les uns que les autres. Avec Jean, ce sont des envolées lyriques, des détours passionnés par l'histoire, la grande musique, les littératures anciennes, l'écoute dans un silence d'église d'œuvres classiques méconnues, des dégustations de Chablis avec fruits de mer ou foie gras, des balades chez les antiquaires pour dénicher des livres rares comme ces éditions originales de Beaumarchais et de Musset qu'elle a remarquées dans sa bibliothèque. Avec lui on va de découvertes en surprises : il lui murmure à l'oreille des vers de Rimbaud ou d'Éluard, il la regarde dans les yeux en entonnant de sa voix de baryton des grands airs d'opéra, il la fait rire de ses bons mots mais sans jamais la heurter par un humour trop cynique et misogyne, à la Guitry. Elle est encore du genre naïve, romantique à souhait, « une potiche », s'esclaffera-t-elle, de celles qu'il ne faut pas trop bousculer.

Était-elle au moins au courant de la carrière de Jean Clérac ? Savait-elle qu'avant de réunir les « croqueuses de gâteaux et les plus démunis », selon sa propre expression, il avait bousculé les idées reçues à la radio et dans la presse écrite ? Car Clérac a commencé en donnant libre cours à sa causticité dans la polémique et la charge. Plus d'une fois il a provoqué les bien-pensants jusqu'à se faire virer pour une phrase jugée subversive. Puis il y a eu, avec divers compères mais toujours la même verve, les émissions radiophoniques héritières des chansonniers d'antan : « Le Grain à moudre », « La Bande des Cinq », « Ici l'Ombre », « Le Bec de Cane » et « Riez aux larmes, citoyens ! »

Savait-elle, la jeune Célia, que ce Toulousain élevé chez les jésuites avait pour aïeul un cuisinier de la cour d'Espagne, que ce dernier, après le déclenchement de la guerre civile, était devenu le prospère propriétaire du restaurant *La Paloma*, place Vincent-Auriol, à Auch, où il forma une génération de futurs grands chefs ? Savait-elle enfin qu'à quatorze ans Jean rêvait lui aussi de toque et de fourneaux en fréquentant l'école hôtelière ?

Que connaissait-elle vraiment de celui qu'elle fréquentait pour sa démesure, son esprit de finesse, son tempérament flamboyant ? Peu de chose en réalité. Trop jeune pour discerner quel homme atypique il était. Car, comme Clérac le confiera à un proche : « Quand je l'ai rencontrée, je me noyais. Pas vraiment un cadeau. Là, brusquement, j'exultais à l'idée de lui montrer au mieux qui j'étais. »

Pendant près d'un an il lui ouvre des horizons, la saoule de culture, de voyages. Elle le suit à Bayreuth pour écouter Wagner pendant sept heures, il l'entraîne à visiter les musées européens avec une curiosité nouvelle, il lui récite Corneille ou Vigny par cœur, et tout cela est pour elle si différent de ce qu'elle a connu jusque-là qu'elle en reste bouche bée. Jean Clérac est aux antipodes des hommes qu'elle a fréquentés auparavant. Il la sort de son petit milieu « bourgeois-bohème » pour la plonger dans l'univers d'un saltimbanque bourré de connaissances, un virtuose du spectacle, un être à part qui sait manier la blague et la culture la plus raffinée. Avec lui, elle a l'impression d'apprendre et de s'enrichir chaque jour. De son côté, Clérac, qui se relève tout juste de sa rupture avec Edwige Amil, dont il a eu deux filles, se flatte de séduire une jeunesse qu'il espère sans doute plus malléable que la romancière au caractère si affirmé.

La fascination qu'elle éprouve pour ce personnage balzacien, déjà père de cinq enfants de deux épouses différentes, la conduit insensiblement au mariage sans qu'elle l'ait même souhaité. Question de circonstances : elle est tombée enceinte. Il faut légaliser, car elle ne conçoit pas d'accoucher d'un enfant hors mariage. Elle en informe ses parents qui réagissent plutôt fraîchement. Ils auraient ambitionné pour elle un jeune homme plus classique, moins en vue, doté d'un « vrai » métier. Ils ont peur que cette liaison ne soit que de surface et se méfient de la notoriété du prétendant, eux qui sont d'un naturel si discret. Mais c'est le choix de Célia et ils sont rassurés au moins sur un point : cette fois, au vu de ce qui motive l'événement, le mariage aura bien lieu…

Toutefois, la cérémonie ne saurait être grandiose, plutôt du genre simple et amical. Jean est divorcé, il n'en est plus au conte de fées ; quant à Célia, dans son état, elle ne portera pas la robe blanche traditionnelle. Mais, pour sceller sa nouvelle union et rendre hommage à celle qu'il aime, Clérac a demandé à un de ses amis, qui n'est autre que le maire de Neuville-sous-Bois, d'écrire et lire un discours avant l'échange des consentements. Le premier magistrat de la commune a pour nom Guillaume Michaut-Cordier et c'est en les regardant droit dans les yeux que, par ce bel après-midi de juin, il leur souhaite tout le bonheur du monde.

Une fois les anneaux passés au doigt, Célia abandonne définitivement la rue de Madrid, où elle a gardé ses habitudes, pour emménager à Neuville, avenue de la France Libre, dans l'hôtel particulier de son mari. Le moment est idéal pour exaucer son rêve de jeune fille : construire une famille unie. Elle se sent programmée pour cela et cultive une image presque caricaturale de la vie familiale : un feu dans l'âtre, des bambins qui sautent sur les genoux, un chien qui gambade dans le jardin, des après-midi de tendresse et de jeux. L'image d'Épinal d'une existence calme et sereine, sans incidents techniques. Elle aura finalement tout cela. Ou pour ainsi dire.

Après avoir épousé Jean, elle a démissionné de son poste d'attachée parlementaire pour se consacrer exclusivement à son rôle de maman. Huit semaines à peine après la cérémonie, elle accouche en effet d'un garçonnet, Jérôme, puis ce sera une fille, Juliette, trois ans plus tard. À chacune de ces naissances elle pose pour les magazines, son bébé pressé contre sa poitrine, son mari à ses côtés, dans sa chambre d'accouchée à la clinique huppée de Neuville-sous-Bois. Dès le lendemain de la naissance de Juliette, le jour de Pâques, elle sacrifie ainsi à la tradition et on la voit, souriante, visiblement épanouie, dans un sage déshabillé en dentelles, câliner sa fillette qui, comme Jérôme, « a la bouille ronde, le nez en trompette, le portrait craché de son père ! » Sur l'une des photos du reportage publié dans *Télé-Hebdo*, on remarque une amie venue lui rendre visite et qui tient au creux de ses bras la petite dont on suppose qu'elle est la marraine. Cette amie n'est autre que Thérèse, l'épouse du maire de Neuville-sous-Bois.

À la maison Célia s'organise pour que rien ne soit laissé au hasard, elle fait partie de ces femmes qui savent pouponner sans être le moins du monde négligée. Parfois, le soir, elle laisse les enfants à la nounou pour aller soutenir Jean lorsqu'il parvient à monter un spectacle musical de sa composition où le personnel politique se retrouve en tuniques gréco-romaines sur une scène des Grands Boulevards. Les costumes, les décors, la musique, les voix qui résonnent parmi les ors et le velours pourpre : il est dans son élément, et elle s'en réjouit. C'est dans ces moments-là qu'elle apprécie le plus d'être à ses côtés, quand il se sent en harmonie avec lui-même et paraît heureux de ce qu'il est, de ce qu'il fait.

Parfois aussi elle le rejoint rue Cognacq-Jay et reste des heures à le regarder préparer telle ou telle émission. Mais le rituel des prises de vues devient vite ennuyeux et c'est sans compter que l'animateur est colérique : réputé pour ses coups de gueule, il insulte, vocifère, envoie tout valdinguer pour un spot mal dirigé ou une silhouette qui passe dans le champ alors qu'il se met en place. Lorsqu'il croise son épouse en coulisse, il lui répète qu'une fois de plus, il se sent grotesque dans ces numéros d'imitateur qu'il méprise. Et comme elle ne sait comment désamorcer ses colères, ces scènes la fatiguent et elle préfère rentrer. Elle aspire par-dessus tout au calme.

Chez Jean, elle est parvenue à s'établir en se fondant dans le paysage. Elle n'a pas choisi les coloris de ce grand appartement, ce n'est pas elle qui a craqué pour le petit guéridon de la chambre, ni fait les magasins pour trouver les tentures et le papier peint. On ignore si elle aime le côté feutré du grand salon avec son épaisse moquette et ses canapés profonds. On ne lui demande pas si elle est éprise des tableaux disparates qui ornent tous les murs, ni si elle n'aurait pas envie de trier parmi les floppées de photos-souvenirs disséminées dans la maison. On ne lui connaît pas de goût pour les armes anciennes, on n'en trouve pas moins une magnifique collection plaquée aux cloisons de la vaste salle à manger...

Par contre, elle dispose régulièrement des fleurs fraîches sur la table, elle a renouvelé quelques coussins, a déniché des objets qui lui ressemblent. Surtout, elle a décoré les chambres des enfants à son goût : de ce côté-là, on se croirait dans une maison de poupée. Ceux qui fréquentent le couple la trouvent très bonne maîtresse d'intérieur, attentive et extrêmement maternelle avec les petits. Si, un soir où elle se retrouve seule, sa fille Juliette est fiévreuse, elle est capable de la veiller toute la nuit pour vérifier que son état ne s'aggrave pas. Elle s'occupe aussi du courrier, des comptes, de la préparation des prochaines vacances, des courses à faire et des menus soucis quotidiens.

Un journaliste de *Paris-Dimanche* le confirme dans un article consacré à Jean Clérac : « Il est vrai que la beauté de Célia, son flegme, le soin qu'elle porte au bon ordonnancement de son univers, le sourire dont elle ne se départit jamais, sont pour lui source d'apaisement. Car il ne doit pas toujours être facile à vivre, l'ami Clérac ! »

Elle opine de la tête. Dans un numéro de *VSD* d'avril 1987 où elle a probablement accordé la seule interview datant de cette époque, Célia avoue : « Je n'ambitionne rien, je n'aspire à rien d'autre chose qu'à bien m'occuper de notre foyer. »

Mais de cela aussi Jean aime à se mêler. Il ne pouponne pas, mais se réserve la cuisine où il excelle à préparer gibier, plats exotiques, desserts sophistiqués. « Lorsqu'ils recevaient, il fallait que Célia ait prévu tous les ingrédients afin qu'il n'ait plus qu'à passer derrière les fourneaux », rapporte un fidèle convive de ces années-là. Sa vraie spécialité ? La gastronomie du Sud-Ouest, bien entendu, « plantureuse, faite pour un peuple de rugbymen et de chasseurs qui savent tenir leur place à table et savourer en silence l'harmonie des sauces », déclare-t-il un jour à *la Dépêche*. Il n'est jamais plus lyrique que lorsqu'il évoque un chœur d'arômes et de saveurs, et l'allègre acquiescement des papilles. Volailles pochées ou farcies, légumes gratinés, venaisons aromatisées, il connaît par cœur les secrètes partitions culinaires que sa grand-tante a consignées au crayon-encre dans de vieux registres reliés de toile noire que même son épouse n'est pas autorisée à consulter.

Chez les Clérac, on se lève au point du jour. Célia prépare le petit déjeuner et s'occupe des enfants pendant que Jean part faire un peu d'exercice au Bois de Boulogne. Lorsqu'il ne rejoint pas la rue Cognacq-Jay pour quelque répétition, il planche sur les recueils d'histoires humoristiques qu'il publie avec succès chez Albin Michel, sur ses pièces de théâtre – « il en avait toujours mille en chantier », se souvient Célia – qu'il a tant de mal à monter, il lit dans le calme de sa bibliothèque, s'offre un déjeuner léger en famille, puis retourne travailler après s'être reposé une petite heure dans son bureau. Le soir, il lui arrive de s'enfermer à nouveau dans sa bibliothèque, mais ce qu'il préfère, c'est... dormir. « C'est mon sport préféré », sourit-il. C'est bien davantage : si on lui vole une partie de la nuit, on le déséquilibre pour toute la journée du lendemain.

Où est la place de Célia dans cet univers déjà si bien réglé ? Qu'a-t-elle à apporter à cet homme qui a déjà été marié, qui a connu la joie d'être père avant de l'être avec elle, qui n'a besoin de personne pour mener sa carrière et chez qui elle s'est installée comme on pose ses valises dans un meublé ? Elle ne lui apprend rien, quand elle attend tout de lui.

Pendant cinq ans, elle est sa pâte à modeler. Pourquoi le cacher ? Clérac aime façonner ses femmes. « Je suis un Pygmalion, a-t-il coutume de dire. Il n'y a rien de plus merveilleux dans l'existence que de servir de guide à la personne que l'on aime. » Un guide qui devance ses désirs. C'est lui qui choisit ses vêtements, ses accessoires, ses bijoux, et les lui offre ; c'est encore lui qui, parmi sa garde-robe, cherche ce qu'elle va porter chaque matin ; c'est lui, enfin, qui décide de son emploi du temps.

Égocentrique et tempétueux, il est aussi jaloux. Démesurément. « Quand j'ai une femme, il faut me tuer pour que je la lâche ! » gronde-t-il. Il préfère savoir Célia à la maison, s'occupant des bébés, qu'au-dehors sans lui. Il l'appelle pour savoir où elle est, ce qu'elle fait. En public il la surveille, la sermonne lorsque, au cours d'un dîner, elle croise un autre regard. « Jean considérait que tout jeune homme célibataire constituait un danger potentiel pour son couple », confie Mario, un de leurs proches. « Mais elle aussi veillait comme une louve à ce que nulle ne l'approche », tempère Didier, un autre familier.

Les scènes se multiplient bientôt entre eux deux. Jean ne s'aperçoit pas du désarroi de Célia ni de son ennui. Car le temps des découvertes passé, la jeune épouse ne se raccroche plus qu'aux rires de ses enfants pour supporter une union dont elle pressent la fin. Mais Jérôme et Juliette sont si petits, est-ce bien raisonnable ? Alors qu'elle cherche une issue, Jean, lui, va répétant dans la presse que Célia est sa nouvelle et dernière femme, il en est convaincu !

D'ailleurs, pour lui complaire, il a quitté la côte landaise, où il passait tous ses étés, pour la Catalogne où, il le sait, sa femme se sent plus heureuse. Pour continuer de la séduire, il a essayé de recréer à plusieurs reprises, chaque année, un voyage de noces à l'étranger. Pour la garder, enfin, il lui a offert tout ce qu'à ses yeux elle était censée désirer.

À peine quelques semaines avant la rupture, Jean demande une fois de plus à son épouse de poser en famille pour un magazine à l'occasion de sa prochaine rentrée professionnelle. Elle semble jouer le jeu : le photographe demande un baiser, un geste de tendresse. Puis nous voici les témoins d'un pique-nique champêtre avec les deux enfants. La famille sourit à l'objectif. Célia serre Juliette, onze mois, dans ses bras. Jean paraît sûr de lui. Entre eux c'est la fin, mais il ne le sait pas encore. « La pire chose pour une femme est d'être mariée à un homme connu, a-t-il déclaré un jour. C'est lui qui reçoit les bouquets, les éloges, c'est lui qu'on regarde et qu'on reconnaît. L'épouse est invisible, en retrait. L'ombre de l'homme célèbre est aussi mortelle que celle du noyer. »

Cette année-là s'annonce pourtant bien. Le « fantaisiste », comme il déteste être appelé, est parvenu âprement à perdre quinze kilos tout en arrêtant de griller ses cinquante gitanes par jour. Il s'apprête à amorcer un nouveau tournant dans sa carrière : monter sur scène pour un one-man show de deux heures mêlant monologues, chants, numéros burlesques et tours de prestidigitation sous le titre *Clérac tout à trac*. Période faste durant laquelle l'amuseur trouve ses corvées télévisuelles moins pesantes. Tout à sa satisfaction, il explique dans *Télé-Revue* : « Je revis, je suis un nouvel homme de cinquante-cinq ans. » Dans le même article, le journaliste, d'une plume convaincue, écrit : « Plus d'échecs dans sa vie ! » Ce jour-là,

Célia était à ses côtés. Nul ne lui a demandé ce qu'elle en pensait. Dans ces reportages, on ne lui donnait guère la parole et elle ne la demandait pas. Du reste, qu'aurait-elle déclaré ? « Vieillir ensemble n'était pas notre destin. Ce n'était pas sa vie, ce n'était pas la mienne », analysera-t-elle plus de quinze ans après.

Clérac n'a rien vu venir. Un beau matin, elle s'est assise en face de lui et, comme elle l'avait fait avec Dominique, son « fiancé », huit ans plus tôt, elle lui a dit : « C'est terminé. Je ne suis pas heureuse. Je pars. »

Un coup de poignard en pleine poitrine n'aurait pas fait plus mal à Jean.

Les valises étaient prêtes, les gosses aussi. Célia a même réservé une chambre d'hôtel. Il n'y a plus place pour son mari dans sa vie.

Lui-même n'a pas tenté de la retenir : « On ne retient pas un oiseau en lui clouant les ailes », lui aurait-il dit sur le pas de la porte.

5

Les raisons du divorce

Célia n'a jamais aimé Jean. Du moins au sens passionnel du terme. Elle l'a admiré, infiniment. Elle est passée dans sa vie comme une comète. Cinq ans d'une destinée humaine, qu'est-ce que c'est ? Il l'a prise sous son aile, elle était si peu sûre d'elle. Égocentrique, il avait besoin d'elle pour sentir combien il pouvait être intéressant et fascinant. Dans le fond, il lui a aussi rendu grandement service : près de lui, elle a joué les éponges, absorbant tout ce qu'elle pouvait afin de s'enrichir, de se nourrir. Elle a pris de lui le meilleur, elle est même devenue celle qu'il souhaitait qu'elle fût. C'est ainsi que les élèves quittent leur maître.

C'est qu'avec ce mariage elle a compris qu'elle avait commencé d'évoluer dans un nouvel univers qui n'appartenait qu'à elle. Elle a fait le ménage dans sa tête et autour d'elle. Si elle a de nouveau décidé de quitter son homme, c'est qu'elle n'aime pas l'imperfection. A-t-elle longtemps résisté aux pulsions qui la harcelaient avant de tenter sa chance dans d'autres bras ? « Elle ne se pose pas dix mille questions, confirme Caroline, une amie ; elle part sans se retourner. » Elle-même l'avoue sans détours : « Je suis une femme qui n'a pas peur de tourner la page. »

Au détriment de ses rêves de gamine ? Qu'est donc devenu ce désir enfoui de bâtir un foyer solide autour d'un mari et d'une nichée d'enfants ? Envolé, effacé, esquinté ? Ou bien a-t-elle dans l'idée qu'elle lui donnera vie autre part ?

Dans ce cas, il lui faudra en jouer une version plus moderne, recomposée. L'image d'Épinal est certes écornée, mais c'est encore à elle que Célia s'accroche dans ses heures d'angoisse. Car être apte à tourner la page ne signifie pas obligatoirement être solide comme un roc. Si elle reste debout, c'est qu'elle a une conscience aiguë qu'il existe des avenirs plus riches ailleurs. Dans sa poche, toujours : *Vouloir, c'est pouvoir.* Tout le monde a de la volonté, encore faut-il savoir l'employer. Vouloir, pour elle, c'est d'abord refuser et partir. Quand les larmes sont ravalées, elle le signifie à l'autre, déterminée à en finir, car il est au-dessus de ses forces de vivre de la sorte, parce qu'elle va finir par s'aigrir tant et si bien qu'elle n'aura plus le courage de s'enfuir, attendant vainement qu'un beau matin, ce soit lui, l'autre, qui la libère. Elle ne veut pas de ça. Elle exige d'être maîtresse de son destin. Elle s'interdit la médiocrité des existences subies.

A-t-elle conscience de tout cela lorsqu'elle prend ses deux enfants sous les bras et part en humant un vent nouveau ? Elle est encore trop jeune pour analyser aussi finement ses affres et ses mobiles. Mais, à l'aube de la trentaine, elle n'est pas trop jeune pour savoir dans quelle direction elle doit avancer. C'est résolument, droit devant. « Il l'aimait plus qu'elle ne l'aimait, assurément, constate sans aménité Constance, une ex-amie. Elle était bluffée comme une fillette devant un vieux monsieur plein de belles histoires. »

Dans la presse, Jean n'hésitait pas à clamer combien il avait trouvé en Célia l'épouse parfaite : « Elle m'a tellement apporté : l'ordre, la tendresse, la solidité. Elle me remet d'aplomb dès que je me sens flancher. Elle ferme les yeux avec indulgence sur mes débordements. C'est un être formidable. »

Souvent il lui a dit : « Le bonheur n'est pas mon élément. » Célia s'en est plainte auprès de ses confidentes : « Ça veut dire quoi ? Le bonheur, on le porte en soi. » Lui ne s'est jamais reconnu la moindre chance d'être heureux. Il a vécu comme un héros de roman russe, se croyant prédestiné à engendrer du malheur. Au fond, il n'est pas sans rappeler à Célia un personnage qu'elle connaît bien : son propre père, lui aussi impulsif et caractériel, adorable mais perpétuellement insatisfait.

« Je n'ai pas eu le temps de l'aimer comme il fallait », dit-elle de Jean Clérac, mais son propos pourrait aussi bien s'appliquer à son père. Elle les a connus l'un et l'autre alors qu'ils étaient déjà chargés d'un riche et tumultueux vécu. Si dense, ce passé, qu'ils en étaient devenus inabordables. Elle conclut : « Je n'avais probablement pas l'expérience ou la carrure pour gérer un homme de vingt ans plus âgé que moi, doté d'une existence déjà bien remplie... Je me sentais comme une étrangère dans son monde. Je n'y avais pas ma place. »

Mettons qu'elle n'avait pas à ce moment les ressources pour se la procurer, sa place. « Jean avait beaucoup de bagout, se souvient Véronique, une amie de Célia. Drôle, lettré, débordant de connaissances et d'anecdotes, il la mettait en valeur pour ses qualités de mère, de femme de maison, mais elle n'aimait pas attirer l'attention. Jean, lui, était un spectacle à lui tout seul. »

Avec quelques années supplémentaires, l'épouse réservée aurait peut-être été en mesure de comprendre son mari, artiste frustré, méconnu pour ses vrais talents, déçu par une « starisation » qu'il pensait ne pas mériter. Clérac est fait pour écrire et monter sur les planches avec ses propres textes. Dans le magazine *Show* de l'automne 1996, il livre une vision sans fard de sa carrière d'amuseur sur le petit écran : « Quand on se consacre à ce qui est la seule vraie vocation de la télévision, c'est-à-dire procurer de la distraction au plus grand nombre, on n'en tire ni fierté ni plaisir, et on finit par en avoir assez. » Ce tourment du « clown triste », Célia le perçoit, mais elle est incapable d'y répondre. Elle ne sait que répéter : « C'était un homme douloureux. » C'est en travaillant d'arrache-pied qu'il pensait pouvoir trouver à s'épanouir enfin dans sa carrière de saltimbanque. Mais comment se préoccuper alors d'une épouse ? « J'ai fait passer mon métier avant le reste, reconnaissait-il tout récemment. Je sais que ce comportement a été la cause de mes déconvenues sentimentales. »

Ça n'a pas été la seule, si l'on en croit l'entourage du couple. Il y avait aussi la différence d'âge. Presque blasé par l'existence, Jean avait déjà tout vu, tout fait. Célia, elle, commençait encore la sienne. Ils avaient souvent du mal à se comprendre. Et, en définitive, à s'entendre. Ils se disputaient, ne parvenaient pas à trouver entre eux deux le point d'équilibre. Les choses se détériorèrent lentement, et, en elle-même, Célia en est venue à se dire qu'il fallait qu'elle trouve la force de partir.

Une fois encore, comme lorsqu'elle a annulé son mariage avec Dominique, Célia se rapproche de ses parents, de sa mère en particulier. Elle lui parle de tout et de rien, évoque les premières dents de Juliette, les journées de Jérôme à la maternelle. Mais Gina possède ce sixième sens des mamans quand leur grand enfant va mal. Elle sent que quelque chose ne tourne pas rond chez sa fille. C'est ce que Célia attendait, ce coup de pouce destiné à libérer le flot de paroles qu'elle ne peut plus contenir, cet aveu d'échec si difficile à partager : « Qu'est-ce que je fais ? Comment m'en sortir ? » lui demande sa cadette de trente ans, déboussolée. « Écoute, tu es trop jeune. Si tu n'es vraiment pas heureuse, va-t-en, on t'aidera », lui répond la mère attentionnée.

C'est un soutien davantage qu'un conseil, car Célia n'en a pas vraiment besoin. Elle réagit presque de façon animale, au gré de son instinct. Elle est encline à agir en tenant compte par priorité de ses objectifs personnels, et peu importe qu'ils soient en contradiction flagrante avec ceux de son entourage. Mais le fait que Gina soit auprès d'elle dans ces périodes de tension la soulage du poids de décisions pénibles qui ne vont pas manquer de susciter de vives réactions.

Et puis, sa mère ne se contente pas d'ouvrir les bras pour la consoler ; elle se charge aussi d'aider sa fille à changer de vie. Elle lui promet qu'ensemble elles vont trouver une solution. Elle lui répète qu'entre femmes on se comprend toujours. Elle ne peut cependant empêcher l'angoisse et la peine de l'envahir. Elle, Gina, n'a eu qu'un homme dans sa vie, Alfred, et seule la mort pourra les séparer. Elle l'a su dès l'instant où il lui a pris la main. Lorsque Célia a épousé Jean Clérac, elle n'a rien senti de tel entre eux deux, elle n'a pas vu d'étoiles scintiller dans les yeux de sa fille. Mais, sur l'instant, elle a espéré s'être trompée et elle a prié pour que sa famille reste unie par-delà les obstacles que le sort se plaît à semer sur nos chemins. Célia est-elle moins forte que sa mère ? Renonce-t-elle trop aisément ? Ou bien n'a-t-elle pas su deviner d'emblée que l'amour n'affichait pas ce visage-là ? En tout cas, sa fille n'est pas prête à se sacrifier, même si c'est son rêve d'enfant qu'elle sacrifie en quittant Jean. En fait, c'est d'elle-même qu'elle s'éloigne en laissant derrière elle les déboires d'un mariage qu'elle voulait source de toutes les joies.

S'est-elle alors dit qu'elle aurait dû attendre avant de s'engager avec Jean, tout comme elle l'avait fait, sept ans auparavant, lorsqu'elle avait compris qu'elle n'était pas faite pour vieillir aux côtés de Dominique ? « Avec lui, j'ai eu un garçon et une fille qui sont la double preuve que je ne me suis pas trompée, proteste-t-elle aujourd'hui. Cette conviction-là est si bien ancrée en moi qu'elle règle tous les autres problèmes. »

Résolue à ce que sa fille entame très vite une autre vie, Gina visite avec elle des appartements. Elle en trouve un à louer à Neuville-sous-Bois, rue de la Paroisse. C'est là qu'elle s'installe avec ses bambins. Trois mois auront suffi pour qu'elle tourne le dos à son existence antérieure. De son côté, Jean Clérac affiche sa détresse : à quoi bon se cacher ? « Il parlait d'elle tout le temps, se souvient Martine, une de ses collaboratrices. Il ne savait comment la retenir, il avait la sensation de lui avoir déjà donné le meilleur de lui-même. »

Jean accepte rapidement le divorce qui devient effectif trois mois après la rupture. Mais l'amuseur amoureux ne comprend toujours pas. Il voudrait des explications. Il laisse sa femme partir, mais n'en finit pas de chercher le pourquoi de leur séparation. Lorsqu'il le trouvera, il tentera par tous les moyens d'inverser le cours des choses en multipliant les coups de théâtre. N'est-il pas avant tout un homme de scène convaincu qu'il peut encore ajouter un dernier acte aux précédents ?

6

Guillaume, de haute lutte

Le manche du couteau d'argent heurte à petits coups le cristal de la coupe à champagne. Peu à peu, le brouhaha se calme, les regards convergent sur le jeune maire de Neuville-sous-Bois qui s'est levé et s'apprête, fringant dans son costume clair, à prononcer quelques mots. À ses côtés, les maîtres de cérémonie ont placé Célia. Elle est frappée par l'aisance de cet homme, par son discours chaleureux, non dénué d'humour, et par sa prestance. Il est notablement plus petit qu'elle, mais son énergie semble le grandir. L'heure n'est pourtant pas au coup de foudre. La grande brune est tout juste fiancée à Jean Clérac. Le maire préside un déjeuner nuptial auquel le couple a été convié. C'est en cette occasion que les Clérac et les Michaut-Cordier font connaissance. À compter de ce jour là, Guillaume n'aura de cesse de revoir Célia dont il s'est senti prisonnier dès la seconde où on les a présentés.

De relations, ils vont devenir peu à peu amis. Célia a du respect pour Thérèse, l'épouse du maire. Cette dernière montre en public autant de réserve que Célia, mais est physiquement plus anodine. Petite, le front barré d'une mèche aile de corbeau, cette jeune Niçoise bon chic, bon genre, semble aussi fragile qu'un moineau. Lorsque Célia redresse sa haute taille, elle ne peut que lui faire de l'ombre. À table elles engagent la conversation. Thérèse, qui se fait appeler Réza, a rencontré Guillaume dans les années 70 alors qu'ils militaient tous deux au Parti populaire. Il était délégué général aux étudiants, elle était déléguée à Langues O où elle terminait une licence de japonais. Partageant le même engagement, les mêmes idées, ils étaient apparemment faits l'un pour l'autre. Guillaume s'est dit qu'elle saurait parfaitement l'accompagner dans sa carrière qu'il imaginait déjà flamboyante. Réza, elle, se rêvait en femme d'intérieur, s'occupant de son mari fiscaliste, faisant une demi-douzaine de bébés dans une demeure chic avec jardin suspendu, invitant la haute société. Ils ne le savent pas encore, mais si, étudiants, ils se ressemblent si fort, plus tard ils ne s'assembleront pas longtemps.

Lorsque Guillaume prend la mairie de Neuville-sous-Bois, première marche dans l'escalier monumental de ses ambitions, Réza fait les boutiques pour enfants. Les problèmes de la municipalité ne la passionnent pas outre mesure, elle ne se sent plus guère concernée par la vie politique et lui préfère l'existence d'épouse et mère. C'est sans doute la raison pour laquelle elle se rapproche de

Célia, alors enceinte des œuvres de Jean Clérac, lors de cette soirée où l'on fête l'amour conjugal.

À l'issue du repas, les deux couples promettent de se revoir. De fait, ils s'invitent de temps à autre à dîner. Il faut dire que chez les Michaut-Cordier, on croise du beau monde : Claude Berton, patron de Canal-France, qui a rencontré Guillaume peu après son élection dans le bureau de son père Félix, curieux de rencontrer un maire si jeune, habite tout à côté et tous deux ont déjà prévu d'inscrire leurs enfants au cours Hattemer ; l'industriel du luxe Jean-Bernard Sébille à qui, en sa qualité de fiscaliste, il prodigue de précieux conseils ; son voisin, Jean-Jacques Marx, dont il réprouve les idées tout en appréciant son esprit d'analyse ; mais aussi des sportifs habitués de la maison, comme le perchiste René Dubost ou le judoka Robert Flemmard, un jazzman, Frankie Larmor, et un certain Jean-Marcel Viennois qui, consultant en communication, s'est chargé d'une étude sur l'image de la ville que le maire a trouvée si pertinente qu'il lui a demandé par la suite d'en réaliser plusieurs autres sur son propre profil politique, ses points forts et ses points faibles. G. M.-C. est déjà un bon stratège.

C'est au cours de l'un de ces dîners mondains, mais toujours en petit comité, que Jean Clérac a demandé à Guillaume s'il accepterait de le marier à Célia. Les amis ont trinqué à la bonne nouvelle, même s'il a flotté par-dessus la table comme un parfum de regret. Le maire de Neuville-sous-Bois aurait bien volontiers confié son écharpe à un adjoint, ce jour-là...

À la veille de l'été, vêtue d'une ample robe crème sous laquelle proémine son ventre rebondi, la jeune mariée s'avance dans la salle des mariages de la mairie de Neuville-sous-Bois avec à son bras une vedette du show-business particulièrement fière d'épouser en secondes noces cette magnifique brune aux yeux verts. Si la cérémonie est plutôt expédiée, elle paraît à Guillaume, qui officie, l'une des plus longues de son mandat. À cet instant précis, il se demande pourquoi ce n'est pas lui qui se trouve au premier rang, à la place du futur époux. Il marie la femme qu'il aime en silence, mais ne perd pas espoir : fidèle à lui-même, il s'y croit déjà. Il lui faudra patienter six ans.

Du côté de Célia, rien de tel : toute à son mariage, les arrière-pensées du maire ne l'effleurent pas.

Le temps qui passe est douloureux pour Guillaume, comme une histoire idyllique qu'il verrait défiler sous ses yeux mais qui n'est pas la sienne. Pourtant, cette histoire n'est pas non plus celle de Célia. Elle se sauve en sauvegardant les apparences. Enceinte de Jérôme au moment du mariage, elle attend Juliette deux ans et demi plus tard. On respecte à peu près le même agenda chez les Michaut-Cordier : François, l'aîné, n'a qu'un mois d'écart avec Jérôme. Les deux mamans donnent naissance à la même clinique. Les deux heureux papas s'y congratulent. Ils arrosent ensemble chaque venue au monde. Lorsque Célia fait baptiser Juliette, elle choisit Réza comme marraine.

Les familles se rapprochent, partagent des vacances. Mais Guillaume ne parvient décidément pas à se défaire des sentiments qu'il porte à Célia. Il lui offre des fleurs, s'arrange pour la croiser en ville, l'invite avec son mari à des réceptions, lui lance des regards avides, prononce à son intention des phrases riches de sous-entendus. « Il était acharné, se souvient Olga, une de ses confidentes. Il répétait : "Ça prendra du temps, mais je l'aurai !" Célia en était flattée, mais, à la longue, elle ne savait plus très bien où elle en était. »

En réalité, elle cherche la force de quitter Jean et c'est dans la persévérance de Guillaume qu'elle la trouve. Pour ne pas affliger davantage son mari, elle n'évoque pas sa liaison naissante. Mais, si elle omet ce « détail » qui fera dire plus tard à Jean Clérac : « Accepter, oui ; pardonner, jamais ! », elle ne ment pas lorsqu'elle affirme le quitter parce qu'elle n'est pas heureuse.

Car son propre amour pour Guillaume n'est venu que plus tard, peu à peu, s'insinuant chaque jour davantage comme pour mieux s'inscrire dans la durée. « Pourquoi pas ? » semble dire Célia à un Guillaume qui va lui répétant que leur histoire est à ses yeux une certitude. « C'est lui qui la recherchait, qui a commencé à lui faire la cour, confirme Fernand, un témoin de cette liaison. Elle n'était pas réceptive, puis elle a cédé. Je ne sais même pas si, au début, elle s'imaginait qu'elle l'aimerait autant un jour. » En tout cas, elle ne mesurait pas ce que ce nouveau départ avec un jeune et brillant notable, marié, père de deux enfants, allait provoquer dans le Neuville des beaux quartiers et des bien-pensants.

La révélation suscite en effet une vague d'indignation et de consternation parmi les électeurs et électrices de Guillaume Michaut-Cordier. Chacun y va de sa remarque perfide, de son discours moralisateur. Et de dénoncer, certes, le coupable qui a perdu la tête. Mais n'est-ce pas davantage encore la faute de sa maîtresse ? Une femme intéressée, opportuniste. N'a-t-elle pas quitté un homme public pour un autre homme public ? Un bateleur pour un politicien ? Et Célia, le temps d'un claquement de doigts, de perdre sa réputation d'intégrité. Elle n'est plus l'épouse parfaite ni la mère attentive que l'on disait la veille. Adultère, elle s'est compromise, elle a trahi. Elle choque les bons esprits du Tout-Neuville, ceux-là mêmes qui, six ans auparavant, s'offusquaient déjà de la voir épouser un homme plus âgé qu'elle, le même homme dont elle demande aujourd'hui à divorcer.

« Les gens ne comprennent pas que j'envoie tout promener parce que j'en préfère un autre, songe Célia. J'ignorais à quel point ils pouvaient être durs, sans rien connaître de ma vie ni de ce qui s'est vraiment passé entre Jean, Guillaume et moi. »

Désormais, elle croise des regards réprobateurs, se trouve confrontée à des jugements sommaires, doit supporter une indifférence haineuse. Cette mise au ban de la bonne société durera quelque dix-huit mois, jusqu'à ce qu'elle puisse vivre un

À la mairie, cependant, les détracteurs de G. M.-C. s'en donnent à cœur joie. Lorsque ce dernier arrive, un beau matin, l'œil enflé, la joue tuméfiée, l'un d'eux fait circuler la rumeur selon laquelle Jean Clérac serait venu jusqu'à son bureau lui flanquer son poing dans la figure. En réalité, Guillaume, faisant du jogging avec Célia en forêt de Rambouillet, a trébuché et heurté de plein fouet une branche basse. Mais si Jean n'a jamais physiquement touché Guillaume, il ne l'a pas épargné pour autant, lançant publiquement de nombreuses vacheries à son encontre. Un an après son divorce, alors qu'il pose dans *Paris-Midi* avec sa nouvelle compagne, Mireille, il revient sur sa séparation d'avec Célia : « J'ai pris un grand coup de genou dans le bas-ventre. J'ai alors pensé que les femmes étaient la pire race au monde ! J'ai mordu la poussière. Mais peut-être faut-il que, de temps en temps, on vienne déranger la trop candide assurance des hommes ? » Au *Matin*, un autre quotidien à grand tirage, il confie, l'air de ne pas y toucher : « Dans la vie, je n'ai jamais pris une seule claque en amitié. Il est arrivé qu'un homme me déçoive, mais c'est qu'il n'était pas un ami. » Puis, à une question posée un jour à la radio par Bernard Campion dans ses fameux tête-à-tête : « Quelle est la dernière personne que tu as eu envie de tuer ? », il a répondu : « Un maire de banlieue ! » Enfin, alors qu'il présente un concours d'imitateurs amateurs, il murmure à l'oreille d'un candidat qui déclare habiter Neuville, suffisamment fort pour qu'on l'entende : « Il paraît qu'ils ont un drôle de type à la mairie, là-bas... »

Des sous-entendus et allusions incompréhensibles pour ceux – c'est la grande majorité – qui ne s'intéressent pas encore à l'histoire des relations entre Célia et Guillaume.

Mais Jean Clérac, qui tente d'assimiler tant bien que mal la félonie de celui dont il a animé naguère certains meetings et vanté l'avenir – « C'est un politique qui ira loin, il faut lui faire confiance et le soutenir », répétait-il à l'envi –, n'est pas prêt à passer l'éponge. Son divorce d'avec Célia, s'il le veut rapide, c'est parce qu'il le sait inéluctable. Dans une interview à *Télé-Famille*, la même année, il confie : « Pour moi, le divorce est un acte douloureux, aussi néfaste que peut l'être un avortement pour une femme. Dans l'un et l'autre cas, il s'agit en définitive d'un meurtre. » Le ton est donné ! Quant à Thérèse, l'épouse de Guillaume, si elle partage la même vision des choses, elle n'entend pas lâcher si facilement son mari. Ce dernier ne sait pas encore qu'il lui faudra attendre des années avant de pouvoir engager, seul, la procédure de divorce. Mais un pas après l'autre : cela ne fait-il pas cinq ans qu'il patiente avant de prendre Célia dans ses bras ? Maintenant qu'elle est à lui, il peut bien attendre encore un peu pour lui passer la bague au doigt !

Ce ne sera pas forcément du goût de Célia qui va trouver le temps long. Et se poser des questions sur les intentions réelles de cet homme qui s'est donné tant de mal pour la conquérir.

7

Guillaume, le deuxième

L'appartement n'est pas bien grand : soixante-cinq mètres carrés pour loger une mère, ses petits et leur nounou, c'est à peu près convenable, mais lorsqu'un beau-père débarque, c'est déjà moins commode. C'est là, rue de la Paroisse, non loin de la mairie, que commence à Neuville-sous-Bois la vie commune de Célia et de son amant, devenu aux yeux des voisins horrifiés un jeune couple à la tête d'une famille recomposée. Nous sommes à la fin des années 80, Guillaume Michaut-Cordier est le premier magistrat de sa municipalité depuis huit ans déjà, et il vient de déposer ses valises chez Célia. La nouvelle a de quoi ravir la jeune femme qui commençait à désespérer. Pour elle, l'attente fut longue, en effet. Qui l'aurait cru ? Monsieur le Maire a hésité pendant plus de dix-huit mois sans se résoudre à choisir entre ses deux dames de cœur :

« Au début, alors qu'elle avait pourtant plaqué Jean Clérac, il ne lui accordait pas la place qu'elle méritait, estime Yvette, une confidente. J'ai bien cru qu'elle resterait la sempiternelle maîtresse et je souffrais de la voir si malheureuse. » Ainsi, lui qui avait mis tant d'acharnement à la conquérir, mettait aussi peu d'entrain à partager son existence. De quoi avait-il peur ? Du qu'en-dira-t-on ? Sa liaison était un secret de polichinelle, même si sa femme l'avait apparemment découverte assez tard. De la culpabilité inhérente au fait de quitter son épouse et ses deux enfants ? Cela faisait des années qu'il courtisait Célia, il ne pouvait pas ne pas savoir où cela le mènerait. Que Thérèse fasse un esclandre qui pourrait ternir son image ? Possible. Vivre en parallèle deux existences amoureuses semble moins compliqué, pour un homme, que de départager sa femme et sa maîtresse.

Sans compter que Thérèse est la fille d'un homme de confiance de César Beretta. On dit même que c'est cet ancien ministre qui a poussé son poulain Guillaume à l'approcher et à la courtiser. Le maire de Neuville-sous-Bois subit-il les pressions de son mentor pour ne pas rompre leur union, et, ce faisant, entacher les relations dudit César avec une famille niçoise très influente ?

Mais Célia va résister, puis menacer. Elle ne lui a rien demandé. Il est venu à elle tant de fois, il lui a si souvent tendu les bras qu'elle en a été émue. La fougue de Guillaume a fait le reste : elle en est tombée éperdument amoureuse. Il faudrait voir aujourd'hui à ne pas la trahir. Ce serait trop facile de la délaisser dès lors qu'elle a succombé. Elle accepte de jouer les femmes de l'ombre pendant deux ans, mais ce sera le maximum. Deux ans pendant lesquels elle subira seule les foudres des proches de Guillaume, mais aussi celles de Jean Clérac dont les ex-épouses, alarmées et réjouies à la fois par sa détresse, se relaient à son chevet. Feydeau en aurait fait une délicieuse comédie douce-amère.

Deux ans, donc, avant l'ultimatum : « C'est elle ou c'est moi. » Célia ne compte pas jouer les seconds couteaux plus longtemps.

Ce sera elle. Car si Guillaume a pris le temps de la réflexion, il sait depuis toujours qu'elle est la femme avec qui il souhaite partager le restant de sa vie.

Lorsqu'il déménage, c'est avec pertes et fracas. Car Thérèse n'entend toujours pas l'accepter. Elle aurait à la rigueur pardonné une passade, elle ne veut pas être « jetée » de la sorte. Si G. M.-C. quitte le domicile conjugal, il n'est pas libre pour autant. Célia et lui vont enfin vivre en duo publiquement, mais rien ne leur sera facilité.

Même la mère de Guillaume, Antoinette, surnommée Toinou, n'est pas ravie par cette situation. Pour sa part, Célia est toujours un peu hésitante sur la conduite à tenir face à cette future belle-mère excessivement brillante et entreprenante. La première fois qu'elle la rencontre, Toinou la toise des pieds à la tête avant de lui lancer : « Mademoiselle, vu votre âge, vous devriez relever vos cheveux ! » La demoiselle en question vient tout juste d'entamer sa trentième année et trouve l'entrée en matière un tantinet brutale. Elle ne manie pas encore avec assez d'aisance l'art de la répartie, mais, à l'école de Guillaume, elle saura bien vite comment se faire comprendre.

Pour l'heure, l'arrivée de G. M.-C. rue de la Paroisse constitue un petit événement qu'il convient de marquer. Afin de se souvenir de ces premiers moments, il offre une montre de chez Cartier à Célia, premier cadeau à la femme avec qui il souhaite marcher d'un même pas et aller très haut.

Il n'y a pas beaucoup d'espace, on campe un peu, mais nul ne semble s'en plaindre. Le couple dort au salon, Juliette et Jérôme partagent l'unique chambre. Guillaume peut se rendre à pied à la mairie et ça les dépanne en attendant de trouver un plus vaste gîte où abriter leur petit monde.

« J'ai gardé peu de souvenirs de mon beau-père à cette époque, dit Jérôme, l'aîné de Célia. Il n'était pas très présent et nous formions un tel trio, avec maman et Juliette, que l'intégration a dû être un peu difficile pour lui. »

Chaque matin, Guillaume part rejoindre le cabinet de conseil en affaires fiscales où il exerce son activité principale. Mais il ne compte pas non plus ses heures passées à l'hôtel de ville. Célia n'a pas encore décidé de travailler avec lui, elle n'y songe même pas. Comme auparavant avec Jean Clérac, elle souhaite se consacrer à l'éducation de ses enfants. Elle s'apprête donc à passer la journée avec les deux petits : quelques étirements de gymnastique, un petit déjeuner à base de céréales et de fruits, puis promenade obligatoire. Elle les emmène se dégourdir les jambes, l'un marchant à son rythme, la cadette regagnant assez vite sa poussette. Tous les trois descendent au bois par le boulevard Thiers. Ou bien ils s'arrêtent dans l'un des parcs fleuris de la ville, ou poussent jusqu'au zoo. Certains week-ends, Célia les dépose chez leur père. Mais celui-ci n'a pas beaucoup de temps, il est souvent en déplacement et les enfants ne sont pas encore assez grands pour le suivre. « Il n'était pas très paternel, reconnaît Juliette. On l'adore, mais s'occuper des gosses n'était pas son fort. »

Célia n'insiste pas. Elle se sent formidablement bien avec ses gamins et sait toujours comment les occuper. Souvent elle rend visite à ses parents dans leur maison de campagne de Saint-Evroult. Là-bas il y a les chiens, les balançoires, la forêt proche et ce couple qu'elle se plaît à regarder vivre, leurs gestes empreints d'une tendresse pudique qui n'appartient qu'à ceux qui s'aiment depuis toujours. C'est surtout auprès de Gina, sa mère, qu'elle trouve réconfort et se confie lorsque, durant les huit premières années de sa vie avec Guillaume, elle se sent en proie aux doutes.

Car Thérèse ne cesse de se battre pour récupérer son mari, et plus d'une fois Célia manque de craquer. Autant de fois sa mère la retient, elle qui, comme à l'habitude, sait si bien ce qui est bon pour sa fille.

Alfred Varonian n'a pas conscience de ces tourments, il connaîtra peu cette nouvelle période dans l'existence de sa cadette. Octogénaire, il est atteint de sclérose en plaques et disparaît à l'orée des années 90. Si Célia l'évoque bien sûr avec émotion, la différence d'âge entre eux deux aura toujours constitué un obstacle à leur complicité : « Il avait plus de cinquante ans à ma naissance, explique-t-elle. Je le regardais comme une icône. Je le craignais. Je l'embrassais une fois le matin, une fois le soir. Il était distant. C'est maman qui s'occupait de nous. Lui, c'était l'autorité avec un grand A. Ce qui ne m'empêchait pas de l'aimer. Maman, c'était différent ; débordante d'amour, c'était une vraie latine dans l'âme et dans les gestes. » C'est pourquoi elle s'occupera beaucoup de Gina, y compris en l'aidant financièrement lorsque les chansons de Guido Genobra étant passées de mode, la source des royalties se sera tarie et, avec elle, le plus gros de ses revenus. Les années passant, Célia lui ressemble de plus en plus, même si c'est en moins typée. « Cela m'a surpris, quand je l'ai revue il y a quelques années, se remémore l'un de ses compagnons de jeux de Saint-Evroult. Petite, elle n'avait rien de remarquable. Elle s'est étirée comme une liane et a pris les traits de sa mère. » Il n'y a sans doute pas plus beau cadeau que cette hérédité pour Célia.

Plusieurs fois par jour, mère et fille se téléphonent et il ne se passe pas une semaine sans qu'elles se voient. « C'est vrai qu'elles s'engueulaient tout le temps, concède Juliette, mais n'empêche qu'elles s'adoraient ! » Gina est encore jeune, elle n'a pas la soixantaine et Célia est fière de lui confier sa progéniture : « C'est chez elle que j'ai appris à faire du vélo, se souvient Jérôme.

J'adorais l'écouter parler italien avec maman. Elles le faisaient souvent quand elles ne souhaitaient pas que ma sœur et moi comprenions. Mais je me fichais bien de comprendre, c'était si mélodieux à entendre ! » Pour Juliette, au contraire, cette musique-là n'a rien de bien plaisant. Sa mère s'escrime à lui apprendre la langue de son enfance, mais c'est par un mutisme têtu qu'elle lui répond. « Ce qui me plaisait, là-bas, se souvient-elle en revanche, c'étaient les plats de pâtes, la polenta que nous préparait Fortuna, la gouvernante sicilienne toujours aux côtés de ma grand-mère. On s'en empiffrait à s'étouffer ! »

Cependant que ses journées s'écoulent au rythme sage imposé par la vie régulière de Célia et des enfants, Guillaume est de plus en plus occupé. Si les nouvelles présidentielles ont été un fiasco pour son camp, bien qu'il se soit beaucoup dépensé lors de la campagne, la fin de la décennie représente pour lui une période faste. Sa vie personnelle engagée sur de nouveaux rails, il donne un coup de booster à sa carrière. En sus de ses fonctions de maire – il a été réélu avec plus de 65 % des voix dès le premier tour –, de son rôle de chargé de mission pour le compte du Quai d'Orsay sur la protection internationale des brevets qui doit faire l'objet d'un âpre débat à un prochain sommet du G8, il a été nommé l'un des vice-présidents du conseil général du Val-de-Seine, secrétaire national du Parti populaire chargé des fédérations, et il figure parmi les têtes de la liste d'union des centres pour les élections européennes à venir. Chaque fois, Célia s'en réjouit pour lui. Chaque fois, elle pressent une ascension hors du commun pour son amant. Elle en est plus que jamais certaine lorsque Guillaume parvient à se faire élire député du Val-de-Seine. À trente-trois ans, tenant ainsi la promesse qu'il lui avait faite lors de leur premier rendez-vous amoureux : « Je veux entrer au Palais-Bourbon avec toi ! » – ils y entrent.

C'est le premier accomplissement de leur vie commune. Mais non le dernier. Foudre de guerre, Guillaume reprend le combat en vue des prochaines présidentielles. Avec le Parti populaire, il a perdu à plates coutures les précédentes, mais il ne reste pas sonné bien longtemps et le voilà qui prépare déjà le scrutin suivant. Il y travaille de conserve avec une jeune femme rousse, pleine d'entregent et farouchement déterminée, Geneviève, qui n'est autre que la sœur cadette du principal leader de l'opposition, celui qu'on surnomme Charles-bis à cause de sa prétention à chausser depuis toujours les bottes du Général. Guillaume et Geneviève se sont rencontrés lors de la précédente campagne ; ils partagent une même vision du combat politique et sont pareillement conscients de la nécessité d'une bonne stratégie de communication. Ils passent des heures à en débattre et à se confier. Tous deux sont au service de Charles-bis, patron du Parti, pour le faire élire. D'aucuns ont parfois insinué que G. M.-C. aurait été bien plus proche de Geneviève que ne l'exigeaient leurs rôles respectifs auprès du chef. Mais, à cette époque, Guillaume n'a d'yeux que pour Célia qui n'hésite d'ailleurs pas à l'interroger sur la nature de cette relation. Il répond en lui répétant que Geneviève est comme sa propre sœur. Célia, ayant entendu épiloguer sur leur trop proche collaboration, lui remontre qu'il est normal qu'elle en soit intriguée. Elle lui pose donc des questions précises sur le rôle exact de la jeune femme au sein du Parti. Son rôle ? Gérer les déplacements de Charles-bis, vérifier les horaires, réserver les hôtels, veiller au respect du programme, se renseigner sur le protocole de chacun des voyages, bref, assumer toute la logistique. Parfait. Mais Guillaume, dans tout ça, qui le seconde ? L'idée de Célia de s'occuper de son futur époux vient-elle de là ? Après tout, Geneviève n'a aucune légitimité à se tenir auprès de son frère, pourquoi Célia ne s'investirait-elle pas elle aussi auprès de son conjoint ? Cela lui permettrait en outre de mieux l'avoir à l'œil. Ce n'est pas qu'elle veuille le surveiller, mais, au moins, par ce biais, elle se sentirait plus rassurée. On raconte tellement que le monde politique est à haut risque pour les épouses de ces messieurs ! Sans compter que la passion euphorique de G. M.-C. pour la politique est contagieuse. Par son enthousiasme communicatif, son opiniâtreté, ses tirades enflammées, qui, même à table avec les enfants, tournent toujours autour des ambitions qu'il nourrit soit pour le Parti populaire, soit pour Neuville-sous-Bois, soit encore pour lui-même, il captive Célia. D'autant qu'elle a déjà travaillé en politique comme attachée parlementaire de Romuald Briscard et qu'elle est donc en terrain de connaissance.

C'est ainsi que Célia va peu à peu consacrer de son temps à décharger Guillaume de ses soucis liés à l'organisation d'une carrière qui revêt davantage d'ampleur d'année en année. Son agenda est un vrai casse-tête. Il ne veut pas léser une fonction au bénéfice d'une autre. Sa stratégie à lui, c'est l'investissement humain. En tant que maire, il tient à participer aux réunions de parents d'élèves, à assister à la fête des écoles, aux manifestations sportives, à la réunion annuelle des anciens ; mais, en tant que proche de Charles-bis et cadre dirigeant du Parti populaire, il doit aussi descendre dans la rue, rencontrer les militants, fédérer, convaincre. Enfin, sa fonction de député l'oblige à débattre à l'Assemblée. Pour lui, occuper le terrain, c'est occuper tous les terrains, n'en négliger aucun.

Célia ne perçoit pas encore son aide comme un défi à relever, celui d'une femme effacée qui s'épanouit, et peu importe que ce soit à l'ombre de son homme, mais plutôt comme un soutien personnel, sans contrepartie, sa façon à elle de contribuer à l'action qui motive à ce point Guillaume. Elle va peu à peu escorter son compagnon dans ses déplacements, discrètement, sans prendre la place de personne. Les enfants sont à présent en âge de marcher et elle se repose de plus en plus sur la nourrice, Élodie. La jeune fille était déjà à son service à l'époque où elle vivait avec Jean Clérac. Elle s'est occupée de Jérôme et de Juliette pendant une bonne quinzaine d'années, et Célia n'a eu qu'à se féliciter de son aide fidèle et discrète : « Elle était toujours là quand il le fallait » – ainsi lorsqu'elle-même devait s'absenter au dernier moment pour escorter son homme.

Célia est d'autant plus sereine dans ce nouveau rôle qu'elle y est encouragée par Guillaume qui la rassure : il voit là une marque d'amour supplémentaire. Elle ose donc se montrer officiellement à son bras comme compagne du maire. Compagne seulement car, du côté de Thérèse, toujours épouse Michaut-Cordier, on s'indigne d'une pareille audace. Mais ces protestations n'arrêtent pas le nouveau jeune couple dans son élan. Célia choisit de poursuivre sa route sans se culpabiliser pour une situation qu'elle estime indépendante de sa volonté. Lorsqu'on lui demande si elle n'a pas le sentiment d'avoir « volé » Guillaume à sa femme légitime, elle soupire : « Non, c'est la vie. S'il est venu à moi, c'est qu'il était malheureux, lui aussi. »

Guillaume n'aime pas aborder le sujet. La présence de Célia à ses côtés est une évidence. Il n'y a rien à ajouter. Ce qui l'intéresse, c'est l'avenir. Et il se rend compte avec fierté et bonheur que sa nouvelle moitié est bien décidée à le suivre jusqu'aux portes du pouvoir.

Dès lors, il l'incite à se révéler. Sur ses conseils, elle participe à la rédaction du journal municipal, *l'Éclair de Neuville*. Personne n'y voit à redire, si ce n'est qu'on la considère comme une compagne de notable qui s'ennuie et cherche à s'occuper. Elle s'adapte bien à son rôle, ne fait pas de vagues, s'abstenant de réclamer quelque position hiérarchique que ce soit, et ne prenant aucune décision concernant le fonctionnement de la ville. Sage dans ses prétentions, elle cherche seulement à s'épanouir dans ses activités. Jusque-là, elle n'a pas eu la chance de s'adonner à un quelconque vrai métier. Par deux fois elle a obéi à son cœur. La première, elle a abandonné ses études pour fuguer avec un jeune homme riche. La deuxième, elle a quitté son poste d'attachée parlementaire pour convoler. Ce qu'elle souhaite, désormais, c'est être une femme active.

Elle ne délaisse pas pour autant son quotidien de mère attentive. À compter de ce jour, elle jongle avec les heures. Le temps passant, elle devra gérer tout autant son propre agenda que celui de son mari. « Je ne me souviens pas d'avoir souffert de ses absences, confie Jérôme. Nous prenions toujours le petit déjeuner ensemble, puis elle nous emmenait à l'école. À quatre heures, elle revenait nous chercher avec, pour chacun, un pain au chocolat. Puis elle ne nous lâchait plus : les séances de devoirs à la maison étaient capitales pour elle, elle nous voulait sérieux et appliqués ! » Car s'il y a une chose sur laquelle Célia ne transige pas, c'est l'instruction : « Elle a toujours insisté pour qu'on réussisse, confirme Juliette. Elle nous disait : "Peu importe ce que vous ferez dans la vie du moment que vous serez les meilleurs." » Et, pour ne pas déroger à la tradition familiale, elle inscrit ses enfants dans un institut catholique de la commune voisine, Sainte-Foy-la-Grande, où l'uniforme est bien entendu obligatoire, « mais seulement jusqu'en sixième ! » précise Juliette qui a déjà dû entendre sa mère se plaindre de cette longue jupe plissée qu'on lui faisait porter rue de l'Assomption alors qu'elle était déjà adolescente…

Le dîner aussi doit se dérouler en famille. La spécialité de Célia, parce qu'elle fait l'unanimité : le gratin de raviolis. « Toutes les sortes de pâtes, en fait, indique Jérôme en salivant. Mais aussi le hachis Parmentier : un délice ! » Classique, mais l'important pour Célia est de partager avec ses enfants ce moment privilégié où chacun peut raconter sa journée.

Harmonie familiale, certes, mais un peu à l'étroit. Trois ans après leur installation dans le haut de Neuville-sous-Bois, la tribu emménage dans un appartement de cent cinquante mètres carrés, avenue du général Leclerc, encore plus près de la mairie. La superficie permet enfin à chacun de s'isoler. Juliette et Jérôme deviennent indépendants, ils investissent avec bonheur leurs chambres séparées tandis que Célia et Guillaume retrouvent un peu plus d'intimité.

Nous sommes encore à trois ans des présidentielles. Guillaume vient d'être élu secrétaire général adjoint du Parti populaire et il est entré dans le cercle très restreint des lieutenants de Charles-bis. Il est toujours le directeur de rédaction d'une revue bimestrielle créée par Albéric Désormeaux, bras droit et futur challenger du leader du Parti, ce qui fait dire à certains observateurs qu'il a déjà choisi son camp. Mais, pour l'heure, il mise sur tous les tableaux, partageant son temps entre sa mairie, la cellule présidentielle du Parti populaire, boulevard

St-Michel, et les bureaux de Désormeaux, lequel semble déjà s'éloigner insensiblement du Parti populaire pour tenter de capter les faveurs centristes.

Quand Guillaume a-t-il décidé de suivre ce dernier dans la course à la Présidence contre Charles-bis, le chef de son propre parti ? Très tôt, à ce qu'il semble, même s'il reste encore très proche du clan de ce dernier où l'on ne peut se résoudre à ajouter foi aux rumeurs dénonçant l'infidélité du « fils » spirituel. En l'occurrence, Célia exhorte Guillaume à la prudence, même si elle n'est pas au fait de tout ce qui se trame dans ces bureaux où elle n'est pas encore admise. Elle le sait impulsif, peu diplomate. Il lui répond sans ambages qu'Albéric Désormeaux, devenu populaire depuis son passage à Matignon, lui semble le mieux placé pour remporter les présidentielles. Il n'a plus foi dans le frère de Geneviève. Et peu importe que ce dernier l'ait adoubé : il faut gagner, il n'y a pas là matière à faire du sentiment. Célia n'insiste pas : elle se sait néophyte en politique. Si elle a des idées, elles sont plutôt d'ordre social. C'est une citoyenne concernée, mais, pour ce qui est des arcanes du pouvoir, elle préfère en laisser le soin et le maniement à son conjoint. Les choix stratégiques importants, les décisions politiques sur des questions de fond, G. M.-C. ne les partage d'ailleurs pas. Pas même avec son épouse. Pour lui, il ne faut pas mélanger les genres. En revanche, quand il faut les vivre, en assumer les conséquences, il est d'accord pour partager. Célia en convient : les défaites comme les succès doivent être vécus en commun. Elle-même ne pèse pas lourd, pour l'instant, dans les prises de décisions de Guillaume, mais elle les endosse les yeux fermés.

Cette année-là est une année charnière dans la carrière de l'homme politique. Albéric Désormeaux vient d'être nommé à la tête d'un gouvernement de transition et la presse évoque le nom de Michaut-Cordier pour un portefeuille important. Il fait figure d'incontournable, juste derrière Jean-Denis Chapuis, normalien brillantissime et fin diplomate, mais ne bénéficie pas de la même popularité que lui au sein de l'équipe de Désormeaux. Mais le nouvel hôte de Matignon ne veut pas entendre les avis contraires : Guillaume est une pièce maîtresse dans son jeu, il souhaite le récompenser. En le nommant au Commerce extérieur, il le fait pour la première fois entrer dans un gouvernement alors qu'il n'a pas encore quarante ans.

Encore une fois, les vacances estivales vont être courtes pour Célia. Les enfants, eux, partent pour plusieurs semaines à Saint-Evroult, chez leur grand-mère. Pour le couple, ce sera quelques jours de répit autour du pont du 15 août, pendant lesquels Guillaume préfère d'ailleurs rester à Paris. Sa carrière prend de plus en plus le pas sur sa vie privée. Il est d'autant plus heureux que Célia affiche une vive curiosité et un dévouement sincère pour ses ambitions. Sinon, elle aurait déjà déserté...

Le nouveau ministre aurait pourtant bien mérité de se reposer un peu plus longtemps, histoire de relâcher la pression. Non seulement celle des premières semaines passées à la tête de son ministère, mais celle qu'il a ressentie en tentant de dénouer une situation tragique dans le ressort de sa commune.

Nous sommes un 22 décembre, un dément vient de détourner un car scolaire et de prendre en otage une classe de neige avec ses accompagnatrices. Si le nom de G. M.-C. n'est pas encore connu de la France entière, personne, au lendemain de ce fait divers, ne pourra plus l'ignorer. Et, comme tous, à cette occasion, Célia découvre une facette inédite de son compagnon : l'héroïsme. Mais, contrairement aux téléspectateurs suivant les péripéties de la libération des enfants en direct à la télévision, elle comprend que Guillaume, s'il agit par devoir, est tout autant poussé par sa formidable ambition qui lui fait oublier jusqu'à la notion du danger.

Elle aurait pu avoir peur, trouver démesuré cet appétit de pouvoir et de gloire. Elle préfère croire que Guillaume Michaut-Cordier aspire à changer le pays, et peut-être davantage encore. Elle est fière, en cet instant, d'être la femme qu'un homme tel que lui a choisie.

8

Au ministère

La nuit est longue. Difficile, pour Célia et Guillaume, de fermer sereinement les yeux après une pareille nouvelle. Il va être ministre, elle va partager l'existence d'un haut serviteur de l'État. Depuis qu'Albéric Désormeaux a été nommé à la tête du gouvernement, il sait ce qui l'attend. Il n'en a certes pas eu confirmation par l'intéressé, et c'est peut-être la raison pour laquelle il conseille à Célia de ne pas se réjouir prématurément. Pourtant, en ce qui la concerne, elle n'a guère de doutes, elle est même très confiante. Souvent, Guillaume lui reproche de s'inquiéter pour un rien. Cette fois, ce n'est pas le cas, tant son compagnon lui semble maître de son destin. Depuis qu'il s'est prononcé en faveur de Désormeaux, les signes de gratitude se font plus concrets. Charles-bis, lui, multiplie les belles paroles, mais leurs effets sont toujours différés.

La nuit est longue, oui, mais riche de promesses. Ce matin-là, le réveil sonne à 6 heures.

G. M.-C. a déjà les yeux grands ouverts. Il est attendu. Sa nomination au gouvernement se fera en deux temps. Lorsqu'il arrive boulevard de La Tour-Maubourg, dans le petit bureau d'Albéric Désormeaux, son appréhension demeure papable. Et si, finalement, malgré tous ses souhaits, il ne faisait pas partie de la liste des heureux élus ? Mais le nouveau chef du gouvernement ne le fait pas attendre longtemps et lui annonce ce qu'il désirait entendre : « Je vous nomme ministre du Commerce extérieur. À vous de composer votre cabinet. » Profondément ému, il remercie, mais, avant qu'il ait eu le temps de refermer la porte, le directeur de cabinet de Désormeaux, Alain Lasserre, également présent dans le bureau, mais resté silencieux jusqu'alors, lui souffle : « Il a oublié de te le dire, mais tu es aussi en charge de l'Industrie. »

Célia n'a pas accompagné Guillaume. Elle est restée à Neuville-sous-Bois et s'impatiente. Depuis qu'il est parti, elle reste près du téléphone pour recevoir la bonne nouvelle. C'est à elle que Guillaume en réserve la primeur. Au bout du fil, elle le sent quelque peu abasourdi après cet entretien qui fait de lui un des plus jeunes ministres de l'après-guerre. Il lui répète à quel point il est comblé. Il ne sait pas encore comment ce légitime bonheur va prendre fin deux ans plus tard. Pour lui, mais aussi pour Célia, la traversée du désert est pourtant proche.

Pour l'heure, il faut déménager, quitter la banlieue chic pour l'imposant paquebot du XIIe arrondissement parisien : le ministère de l'Économie et des

Finances, auquel Guillaume est rattaché, attend ses quatre nouveaux passagers. Un dédale de couloirs, de vastes pièces ouvrant sur la Seine par d'immenses baies vitrées, tout y est contemporain, pratique, trop « design », peut-être, pour Célia qui préfère les décors en bois, chaleureux et apaisants. Le bureau ministériel est chargé d'histoire, mais le reste du mobilier, un brin vieillot, n'est pas non plus du goût de son occupant. Guillaume n'ose pourtant pas changer les meubles qui viennent tout droit de la rue de Rivoli et appartiennent à l'État. « Après tout, je ne suis que locataire ! » s'exclame-t-il. Afin de lui conférer un air plus intime, Célia lui conseille d'y disposer quelques objets personnels, comme la boîte à cigares dont il ne se sépare jamais et quelques photos auxquelles il tient. Parmi elles, un sous-verre avec un cliché le représentant barbotant dans une piscine en compagnie de Célia. Un bonheur suspendu qu'il essaie de préserver le plus possible, car il l'estime indispensable à son équilibre.

Parce que tout cela lui semble néanmoins bien précaire, Célia loue au cœur du VIIIe arrondissement, rue de Monceau, un appartement où elle a pour voisin le délicieux chanteur-compositeur Frédéric Fontaine. Un cocon familial qu'elle aménage à son goût dans l'idée qu'ils viendront peut-être y vivre un jour. Et puis, qui sait, peut-être aura-t-elle aussi envie de souffler, de s'y retrouver seule de temps à autre ? Elle ne sait trop rien de ce qui l'attend, de ce qu'impose la fonction de ministre, des obligations auxquelles elle-même devra faire face. Elle ne souhaite pas s'y perdre, voilà tout.

La première chose dont il convient de s'occuper, c'est installer les enfants dans leur nouvelle résidence, cette drôle de demeure au fonctionnement on ne peut plus particulier. Un service d'ordre et des employés de maison sont là pour aider la famille du ministre à se faire à cette existence surveillée, trépidante, bousculée. « J'avais six ans lorsque nous sommes arrivés au ministère, se souvient Jérôme. C'était un gros changement pour nous : il y avait du mouvement, du personnel en permanence. Je n'avais pas l'habitude de tous ces va-et-vient. » Avec sa sœur, il se réfugie dans les cuisines pour jouer les facétieux, mais aussi pour parler, tout simplement. Là, dans ces pièces à taille humaine, Juliette et Jérôme se sentent chez eux. Tous deux font des blagues au pauvre chauffeur, néanmoins ravi par cette fraîche insouciance, qui doit les accompagner chaque matin à l'école. Comme tous les enfants, ils s'adaptent assez vite à ce train de vie déconcertant. Leur mère leur répète sans cesse : « Ici, ce n'est pas chez nous ; considérez que vous êtes descendus à l'hôtel. » Au moins les choses sont claires. Sachant à quel point il est perturbant, pour un enfant, de déménager, elle préfère leur dire franchement ce qu'il en est afin qu'ils ne soient pas déçus, un jour, de devoir repartir.

Pour elle, habiter sur son lieu de travail est un luxe appréciable qui permet de mieux concilier vie privée et vie professionnelle : « Savoir que les enfants étaient au bout du couloir lorsque j'avais envie de les entrevoir ou de les embrasser me facilitait la tâche. Je pouvais travailler plus sereinement auprès de Guillaume. »

Celui-ci ne conçoit pas d'être ministre exclusivement aux heures ouvrables ; il exige qu'on le dérange de jour comme de nuit en cas d'urgence. Célia le comprend, mais ne le supporte pas toujours très bien.

À peine a-t-il mis les pieds dans son nouveau bureau que G. M.-C. planche sur les dossiers de son prédécesseur. Il apprécie ce moment qui suit la prise de fonctions, où le nouveau responsable se sent porté par une sorte d'état de grâce. Sans doute regrettera-t-il plus tard de ne pas l'avoir assez savouré. Après les hors d'œuvre, le menu ne prévoit à aucun moment de douceurs...

Trois mois à peine après sa nomination, le destin lui commande déjà d'être à la hauteur. On a déjà fait allusion à cet événement dramatique qui survient dans sa ville et qui va tenir en haleine des millions de Français. Le matin du 22 décembre, Michaut-Cordier assiste à une réunion interministérielle à Matignon lorsqu'un appariteur vient l'informer d'un appel urgent de César Beretta, son collègue de l'Intérieur. Ce dernier lui apprend qu'un dément a détourné un autocar et pris en otage une classe et ses accompagnatrices en route pour des vacances de neige. L'homme porte des explosifs à la manière des kamikazes palestiniens et promet de faire exploser le véhicule si on ne lui rend pas son jeune fils, enlevé par la mère en instance de divorce et disparu avec elle depuis une huitaine de jours.

Lorsqu'il arrive près de la porte d'Asnières, au carrefour où le car a été bloqué par une dizaine de voitures de police, les hommes du Raid sont déjà déployés à distance respectueuse du véhicule. Pour G. M.-C., la vision des enfants-otages est cauchemardesque. Ses enfants mais aussi bien ceux de Célia auraient pu fréquenter cette école, cette même classe. Pour la première fois depuis bien longtemps, il ne souhaite pas la présence de sa femme à ses côtés en ce lieu. Il sait que la partie sera longue et serrée, lourde de périls. Célia a beau insister, il lui ordonne donc de ne pas quitter le ministère où elle se trouve avec les enfants. Pas une minute de repos pour Célia jusqu'à ce que le désespéré soit maîtrisé. Pendant trente-six heures, elle regarde les chaînes retransmettre en direct les péripéties de la prise d'otages, elle attend les coups de fil rassurants de son mari, l'exhorte à un plus grand discernement, à remiser ses habits de justicier au vestiaire et à laisser faire ceux dont c'est le métier. Mais Guillaume n'écoute pas, il a établi un contact avec le déséquilibré afin de tenter de faire évacuer les petits élèves en lui promettant de mobiliser tous les moyens pour retrouver son gosse. Il négocie chaque prorogation des délais impartis par le preneur d'otages, le fait patienter, obtient chaque fois de faire descendre du car plusieurs des jeunes passagers. Divers observateurs relèvent l'insistance avec laquelle il aura réclamé la présence de caméras dans le périmètre de sécurité.

En fait, il sait que les images qu'elles emmagasinent seront historiques. C'est déjà un « grand communicant », très bien organisé, note un journaliste, Dominique Arouet, témoin de la scène, dans un reportage-fleuve publié par *Paris Journal*.

Ce dramatique fait divers marque un tournant dans la carrière de G. M.-C. qui apparaît aux yeux des Français comme un homme politique hors normes. « Guillaume n'a pas fait preuve d'un courage particulier, rectifie Célia ; ce qu'il a fait, il l'a fait par sens du devoir. »

Rentré au ministère, il ne souhaite pas partager la tension de ces dernières heures avec sa femme. « Pendant des semaines, l'ombre du déséquilibré aura été entre nous », confie-t-elle. Ces moments-là sont sans doute les seuls durant lesquels elle n'a pas su comment le tranquilliser. Elle n'a pas vécu cela à ses côtés et ne peut donc le comprendre. Guillaume lui avoue que durant ces heures terribles, il a pris conscience de ce qu'était le métier des forces de l'ordre. Il s'est senti en faire partie intégrante. C'est à la suite de cette confession qu'elle-même posera un regard différent sur la police et les tâches de répression.

Plus que jamais elle se sent proche de cet homme. Elle a compris que si elle ne se plie pas aux aléas de son emploi du temps, elle ne le verra plus. Or cela fait seulement cinq ans qu'ils sont ensemble, et il n'est pas question que leur histoire tourne court à cause d'un agenda surchargé. Elle va donc appliquer la seule recette qu'elle connaisse : ne pas quitter d'une semelle celui qu'elle aime.

Ça ne fait pas plaisir à tout le monde. Notamment à certains fidèles de G. M.-C. qui considèrent sa présence comme une immixtion permanente, nuisible à la concentration et à la lucidité du ministre. Lorsque ces réactions de courtisans jaloux lui parviennent aux oreilles, Célia préfère en rire. Au reste, pendant plusieurs années, elle n'aura pas vraiment conscience des ressentiments qu'elle nourrit : « En fait, je n'ai su que plus tard combien j'agaçais, et je n'ai jamais vraiment compris pourquoi. »

De son côté, Guillaume explique avec conviction qu'il se sent plus détendu lorsqu'elle est auprès de lui, lorsqu'il peut la trouver facilement pour lui souffler un mot ou simplement pour qu'elle lui rajuste le col de sa chemise. Madame ne s'appelle pas encore Michaut-Cordier, mais c'est tout comme.

On assiste pourtant à un léger flottement à ce propos avant que le couple ne se marie. D'aucuns l'appellent respectueusement Madame ; d'autres, Célia lorsqu'ils en ont reçu l'autorisation ; d'autres encore, mais seulement lorsqu'ils sont à bonne distance d'oreilles, parlent de Mme Clérac, histoire de rappeler sournoisement qu'elle a été l'épouse d'un fantaisiste. Ceux-là ne savent pas encore à qui ils ont affaire. Car, peu à peu encouragée par Guillaume à s'imposer à ses côtés, elle devient de jour en jour plus féroce et déterminée à se défendre contre les petits malins qui voudraient la faire passer pour une gentillette mais écervelée poupée brune. Ceux qui n'auront pas su mériter ses faveurs finiront bouffés par le lion.

Incitée à se révéler, elle décide donc de jouer à Bercy les hôtesses de café littéraire. Elle a tendance à penser que Guillaume est trop enfermé dans sa bulle politique. Pour être près des gens, il ne faut pas porter d'œillères. Ainsi lance-t-elle une série de déjeuners à thème auxquels elle le convie afin qu'il puisse échanger ses vues avec des personnalités autres que politiques. À sa table se relaient la journaliste Françoise Cramer ainsi que le chercheur Georges Brassard ou le patron de Canal-France, Claude Berton, vieille connaissance de Guillaume, mais aussi l'animateur Michel Turner, accompagné de son frère Paul, D.C.B.A., le fameux présentateur du 20 heures, et Jacky Sunday, l'idole du ministre. Les fidèles, eux, sont plutôt invités en soirée, mais pas trop tard, car Michaut-Cordier, « drivé » par Célia, se couche tôt. Tous ne sont pas des personnages publics ; il s'agit pour certains de copines d'enfance de Célia ou de relations professionnelles de Guillaume, mais on y aperçoit François Bernard et son épouse Géraldine, le sportif René Dubost, Bernard Campion ainsi que Frankie Larmor qui vient jouer des classiques de Duke Ellington, quand Célia, accompagnée par lui, ne dédaigne pas de pousser la chansonnette. Avec la jeune Juliette, elle teste même diverses chorégraphies auprès d'hôtes indulgents et compréhensifs. À l'époque, elle n'est pas encore la cible de critiques acrimonieuses ; on ne parle pas d'elle dans la presse et sa présence suscite davantage l'indifférence que l'exaspération.

Pourtant, elle se montre de plus en plus assidue aux côtés de son homme. Elle ne le quitte pas durant les longues heures de débats à l'Assemblée nationale, même pendant les nuits difficiles où elle se tient dans un coin des tribunes, un sac en papier kraft contenant les sandwiches qui seront dévorés discrètement par un Guillaume affamé pendant les suspensions de séance. Elle prend systématiquement place près de lui dans le car qui assure les navettes entre les meetings. Elle l'accompagne, attentive au moindre détail, dans ses visites en province. Enfin elle veille à ce que son agenda soit rempli de telle façon qu'il ne se lasse pas : les rendez-vous qui s'enchaînent doivent être de caractère très différent et toujours importants. Elle-même s'occupe des sollicitations de moindre intérêt.

Car c'est à cette époque qu'elle commence à ne plus seulement suivre et assister son époux, mais aussi à prendre des responsabilités qui allègent quelque peu les journées interminables de Guillaume. Elle veille également sur son image et lorsque des humoristes égratignent le ministre à la télévision, elle n'est pas la dernière à le savoir, mais la première à le lui cacher. Car Michaut-Cordier se refuse à regarder ce type d'émissions. Il charge ses proches collaborateurs de suivre les programmes pour lui rapporter ensuite à quelle sauce il a été mangé. Ce qu'ils ne font pas toujours. Les caricaturistes ou les imitateurs ne sont pas tendres avec le jeune ministre et Célia demande parfois aux fidèles de G. M.-C. de ne pas trop s'étendre sur la question.

Omettre n'est pas mentir, édulcorer n'est pas déformer.

Bientôt, Guillaume écope d'un nouveau département : celui de son ami Albert Doutremont, ministre de la Recherche, qui vient d'être mis en examen et emprisonné. Célia et lui sont encore sous le choc de cette incarcération : l'été précédent, ils ont séjourné avec lui et les siens en Sardaigne. Il accepte néanmoins d'assurer l'intérim. Ses détracteurs critiquent sa façon de s'installer sans vergogne dans le fauteuil encore chaud d'un fidèle, lequel maroquin aurait d'ailleurs dû revenir logiquement à Olivier Hervieux, ministre de l'Éducation. G. M.-C. fera passer cette acceptation comme un hommage rendu à l'action de son ami Doutremont. Ses opposants ont beau ricaner, il n'en a que faire : il s'impose encore un peu plus au sein de l'équipe gouvernementale et reste plus que jamais dans les petits papiers d'Albéric Désormeaux qu'il surnomme en privé « Riquet ». C'est tout ce qui compte.

Certains week-ends, il part avec Célia pour Cabourg dans la résidence secondaire du Premier ministre. On peut voir le couple faire de bon matin son jogging sur la promenade Marcel-Proust ou se balader main dans la main sur la plage. Toutefois, les conversations entre G. M.-C. et « Riquet » ne tournent pas vraiment sur la météo du lendemain, mais sur la conjoncture et l'avenir politique. Les deux hommes passent beaucoup de temps à discuter en fumant un bon cigare ou en goûtant à la tarte aux pommes de

Mme Désormeaux. C'est Albéric qui a initié Guillaume aux « barreaux de chaise ». Leur sujet de prédilection : la prochaine échéance, l'élection présidentielle.

Un soir, au ministère, Guillaume confirme à son épouse qu'il soutiendra « Riquet » plutôt que Charles-bis lors de ce scrutin capital. Célia, à qui on a appris que, dans la vie, il faut faire face, quoi qu'il arrive, lui répond qu'il doit se montrer sans ambiguïté aucune dans l'exposé de ses intentions s'il ne veut pas être considéré comme un traître. Guillaume ne l'ignore pas, mais il sait aussi qu'il sera à jamais jugé déloyal, quel que soit son comportement envers son mentor. Lorsqu'il informe ce dernier de sa décision, il se sent libéré d'un poids et appelle sa femme pour l'informer du déroulement de son entrevue. Il assume, y compris l'éventualité d'une traversée du désert : « Après tout, cela me fera peut-être le plus grand bien », crâne-t-il devant les journalistes qui doutent encore de la fermeté de son choix.

Comme toujours, il est confiant. Célia ne l'a jamais connu autrement. Mais il a tort. Pour une fois, le destin ne va pas le servir. Son premier grand revers va durement le malmener et c'est son épouse, son ombre, qui va devoir prendre les choses en main.

Envolée depuis longtemps, la jeune fille effacée qui avait peur de tout ! Dans l'hostilité, elle va devenir une femme de tête. Son ère ne fait que commencer.

9

La traversée du désert

Ce 9 novembre, Célia organise un dîner avec quarante proches et amis pour fêter les quarante ans de Guillaume. Au vu des derniers sondages, tout le monde semble penser qu'Albéric Désormeaux est le mieux à même de remporter la bataille des présidentielles et que le maître de maison a choisi le bon camp. La soirée est donc aussi enjouée que possible. Les quarante noceurs portent aux nues le jeune Guillaume, appelé à un très grand avenir. Dans la presse, on parle de lui comme d'un garçon trop pressé. Il est de fait un peu jeunot dans ce gouvernement de transition et il manque encore de prestance et de légitimité. Mais l'affaire du détournement de l'autocar de la classe de neige lui a été favorable et il bénéficie depuis lors, dans l'opinion, d'une bonne dose de sympathie et d'une popularité qu'il a su faire fructifier. Son franc-parler étonne, dérange et séduit tout à la fois ; on le dit aussi ambitieux qu'infatigable. Il répond qu'en politique comme ailleurs, il faut s'employer à être le meilleur. En deux ans, il s'est rendu indispensable à « Riquet » et Célia, pour sa part, s'est rendue indispensable à son mari. Il a imposé une cadence infernale à son équipe, mais aussi à son épouse qui travaille bénévolement pour lui. « J'ai toujours refusé de toucher un salaire ou de figurer dans un quelconque organigramme », souligne-t-elle. Être considérée comme une « femme de » ne l'a jamais dérangée, mais elle n'est pas une employée et c'est en tant qu'épouse qu'elle espère avoir aidé Guillaume à atteindre les objectifs qu'il s'était fixés.

Si elle a raison sur un point – elle permet en effet à G. M.-C. de mener à cent pour cent sa carrière –, elle a tort sur un autre : le résultat n'est pas à la hauteur de leurs espoirs. C'est même peu dire : l'échec est amer. Dans les sondages, depuis plusieurs semaines, le candidat plébiscité par les Français pour faire gagner l'opposition aux élections présidentielles n'est plus Albéric Désormeaux, mais Charles-bis.

Célia et Guillaume se veulent encore optimistes, mais ils ont tôt fait de comprendre qu'ils ne seront pas le jeune couple politique que tout le monde envie. Dommage : ma foi, Célia commençait à se sentir à l'aise dans la peau d'une femme de ministre. Mais elle a aussi la nette impression d'avoir mis deux années de sa vie entre parenthèses. Et la reprendre ne lui déplairait pas tant que ça. Le problème, en définitive, c'est Guillaume : comment faire pour qu'il ne s'effondre pas ? Va-t-il avoir la force de s'en remettre, lui qui s'est tant donné pendant bientôt deux ans ?

Antoinette Michaut-Cordier, sa mère, est au ministère lorsqu'il traverse ces jours difficiles. Elle est patraque et Guillaume l'a invitée à venir se reposer dans l'une des chambres de l'appartement de fonctions. Un matin, il vient la voir et lui confie : « J'ai consulté les derniers sondages, je crois que c'en est terminé pour nous. »

Effectivement, c'est bien Charles-bis qui passe au second tour et accède au poste suprême. La traversée du désert s'annonce rude et longue pour le félon du Parti populaire. Surtout que G. M.-C. ne s'est guère montré particulièrement tendre avec le futur Président lors de la campagne, réservant ses arguments les plus sanglants à son camp, accusé d'avoir été à l'origine de toutes les provocations fomentées contre son propre champion. « Michaut-Cordier est un homme valeureux qui ne fait pas les choses à moitié, dira de lui Albéric Désormeaux. Il n'est certes pas homme à nager entre deux eaux. »

Célia l'a toujours mis en garde contre ses impulsions dévastatrices. De tempérament inquiète, elle se méfie en général de l'ardeur et de l'emportement. Guillaume est un excellent communicateur, il sait parfaitement retourner les situations en sa faveur, mais il va parfois trop loin. La réflexion, qui semble un préalable si naturel à Célia, ne vient qu'après l'action chez G. M.-C. À ses yeux à elle, les élans de zèle de son conjoint constituent autant de risques qu'il ne sait pas encore calculer.

À Vincennes, lors du dernier meeting de campagne du futur vainqueur, les noms de Michaut-Cordier et de ses copains « désormiens » se sont fait conspuer par des militants en colère. À G. M.-C. sur qui certains n'ont pas hésité à cracher, l'accusant d'avoir semé la zizanie au sein de l'opposition, l'on prédit déjà un enfer si, par sa faute, Charles-bis ne l'emporte pas, mais aussi bien s'il est élu.

Déstabilisé, Guillaume regagne le ministère. Célia est déjà plongée dans les cartons. Elle préfère ne pas prendre au sérieux ce qu'elle considère comme une mascarade, mais aussi comme un lynchage en règle. Elle s'évertue néanmoins à réconforter son mari qui tente de faire bonne figure. Sitôt les résultats proclamés, elle prend les choses en mains. Au ministère de l'Agriculture, Germaine, l'épouse de Blaise Greffon, fait de même et appelle Célia. Les deux amies se lancent un défi : ce sera à celle qui fera le plus précipitamment ses paquets. Il faut tourner la page avant que la déception puis le désespoir ne prennent le pas sur la volonté de combattre. Et comment réagissent ces messieurs ? « Ils s'adaptent, ils suivent le mouvement ! » s'exclame Célia.

Ainsi, dans la défaite, ce n'est plus Guillaume qui mène le jeu, mais son épouse. Sonné, il est comme un boxeur qui a besoin de soins. Son soigneur s'appelle Célia. Premier acte de survie : descendre du ring au plus vite et créer d'autres centres d'intérêt. Penser à autre chose, entamer une nouvelle vie, il n'y a pas plus salvateur.

Même si Guillaume n'entend pas décrocher, car il sait qu'entrer en politique c'est accepter les bons comme les mauvais moments, il souhaite prendre du recul. Avec lui la vie a été jusqu'à présent si prodigue en bienfaits qu'il n'a pas envie de se confiner dans l'atmosphère empoisonnée des règlements de comptes. Plus tard il s'expliquera devant la direction du Parti. Plus tard. Pour l'heure, il entend laisser passer du temps afin que les esprits s'apaisent.

Célia se félicite d'avoir loué l'appartement de la rue de Monceau et la voilà qui organise son second déménagement en moins de deux ans. Mais celui-ci est bien différent du précédent. Les espoirs en un grand avenir politique ne sont plus de mise. Pourtant, la femme de G. M.-C. refuse l'idée qu'il ait dit son dernier mot. À quarante ans, Guillaume ne peut quitter la politique qui a encore beaucoup de choses à lui apprendre, mais aussi beaucoup à attendre de lui. C'est en ces termes positifs qu'elle tente de le rasséréner dans son bureau du ministère où les téléphones ne sonnent plus, où les collaborateurs détournent le regard quand ils croisent les maîtres des lieux dans les couloirs, où les amis, y compris les plus fidèles, ne se montrent plus. « La politique est si cruelle qu'il vaut mieux la vivre à deux », soupire-t-il.

L'emménagement terminé, les enfants retrouvent un environnement plus calme, moins perturbateur. L'espace familial redevient plus chaleureux, les employés de maison ne sont plus là, la vie ressemble à nouveau à celle d'avant. Ce n'est pas toujours pour déplaire à Juliette et à Jérôme qui ont grande envie de retrouver une maman moins absorbée par les problèmes d'un beau-père qu'ils ont par ailleurs beaucoup de mal à comprendre. Célia s'aperçoit que le retour à la normalité fait en effet beaucoup de bien à ses enfants. Ils se trouvent déjà plus près de leur école, ils peuvent inviter copains et copines quand ça leur chante, ils ont la possibilité de rentrer et de sortir sans devoir en référer à tout un tas de personnes. « J'ai eu l'impression de redevenir une petite fille ordinaire », note Juliette. Célia aussi renoue avec une existence plus anonyme : « J'ai pu de nouveau pousser un chariot dans un supermarché : vous croyez que ça m'a gêné ? » En réalité, rien ne la dérange. Elle va son chemin, un point c'est tout.

Au contact de Guillaume, elle est devenue au fil des ans une bosseuse acharnée. Stimulée par l'entrain et l'inépuisable énergie de son époux, elle n'a pas arrêté une seconde. Il est temps de souffler. C'est lui qui décide de partir, mais pas seulement pour s'aérer. Il souhaite étudier ce qui se fait ailleurs en divers domaines – sécurité, éducation, nouvelles technologies – et rencontrer différentes personnalités étrangères importantes. Mais c'est elle qui organise les voyages dont ils rêvent et qu'ils n'ont jamais eu le temps de faire. Non seulement elle a besoin de respirer, mais elle a envie de quitter la France à l'heure où Guillaume n'y est plus bien vu. Cible de maintes rumeurs, en butte à l'agressivité des fidèles de Charles-bis, mais aussi des déçus du « désormisme » qui lui font « porter le chapeau », il est urgent pour lui de se faire tout petit. Pour une fois…

À leur programme de voyages, les États-Unis d'abord, San Francisco, Los Angeles, la Silicon Valley en particulier où le couple multiplie les visites de laboratoires, de campus, mais ne manque pas de faire un détour obligé par Hollywood. Puis direction la Chine où ils sillonnent la Grande Muraille jusqu'à ce que leurs jambes ne les portent plus. En France, pèlerinage à Narbonne, fief de Célia, où ils retrouvent Germaine et Blaise Greffon. Mais aussi La Bourboule où séjourne la mère de Guillaume, puis les rives du lac d'Annecy où ils alternent baignades et balades en montagne.

Des vacances nécessaires. Pour autant, l'ancien ministre, incorrigible, engage à tout propos la conversation avec les commerçants, les paysans, les touristes, l'homme de la rue, et prend ainsi le pouls d'un pays dans lequel, pour l'heure, il n'a pas sa place en politique. Célia l'exhorte à ne plus remâcher l'échec, mais à aller de l'avant. Elle est stupéfaite de voir à quelle vitesse son mari se remet de son revers. Quelques semaines plus tôt, la terre avait tremblé sous les pieds du battant. Pourtant, il a encore à lui en remontrer sur sa volonté d'en découdre avec la vie. Comme une revanche à prendre, mais sur quoi, sur qui ? Même sa mère, Antoinette, n'a jamais vraiment compris où il était allé chercher cette soif de pouvoir.

En revenant vers Paris, ils font halte chez Albéric Désormeaux et sa femme, dans leur vignoble du

Mâconnais. Il n'y a pas place pour les regrets. Ils discutent de l'avenir qui se dessine. Il n'est pas brillant, mais Guillaume explique à l'ex-Premier ministre, encore sous le mauvais coup du sort, qu'une page est tournée et qu'il faut se relever, avancer, repartir. En tout cas rester debout.

En prêtant l'oreille à ces conversations, Célia voit se profiler un futur difficile, car s'il veut retrouver sa place dans le monde politique, Guillaume devra se montrer plus opiniâtre que jamais, travailler comme douze, ne pas reculer devant la perspective de renouer avec ses anciens adversaires. Elle croyait avoir tout vu, tout supporté, mais son compagnon, à peine deux mois après son éviction, est apparemment bien décidé à révéler tout ce dont il est capable. Admirative, elle va le pousser dans cette voie, même si elle aurait apprécié de rester un peu plus longtemps en compagnie de cet homme qu'elle découvre différent quand il apparaît réfléchi, calme, serein. Elle comprend aujourd'hui que c'est dans cette période de repos que le guerrier s'est ressourcé et qu'il a pris des forces nouvelles : « Ce n'était pas une traversée du désert, mais une oasis de bonheur », confiera-t-elle à Madeleine, une amie. Pour la première fois ils s'enrichissent de tout et d'eux-mêmes.

Avant de déposer leurs bagages dans leur appartement parisien pour repartir à la bataille, ils s'offrent un dîner en tête à tête au cours duquel ils font un bilan positif de ces dernières semaines, se rendant compte à quel point ils s'étaient négligés depuis près de deux ans. « Ces moments de complicité restent inoubliables », constate-t-elle.

Ce n'est pas pour autant que Guillaume dépose les armes. Si Célia aurait aimé qu'il lui dise alors : « J'arrête tout ! », elle n'en laisse rien paraître. Elle aussi est prête à repartir, puisque son époux le veut. Dès lors, il leur faut reprendre une vie sociale, poursuivre l'aventure. Toute la famille se serre les coudes. Célia remonte le moral des troupes, veille à tout, sur tous les fronts. Après plusieurs semaines passées à recharger les batteries, Guillaume croit de nouveau en son étoile. Il n'hésite pas à se rendre publiquement responsable de l'échec des « désormiens », car endosser les responsabilités est encore une façon d'exister.

Il n'est pas à la rue, il a de toute façon son cabinet de conseiller fiscal et se sent prêt à réintégrer le droit des affaires. Plusieurs propositions du privé lui sont faites, on recherche particulièrement ses avis, on prise sa force de travail. Mais il n'est pas tenté. Il n'en a pas fini avec la politique. Il reprend son bâton de pèlerin pour regagner sa municipalité et son siège de député. Il est réélu à Neuville-sous-Bois où il a conservé un fort capital de popularité et de sympathie. Le voici revenu aux sources, plus présent que jamais sur le terrain local, heureux de gravir à nouveau les marches de sa mairie.

C'est aussi le cas pour Célia qui a repris son rôle auprès de lui, mais à un rythme plus détendu. Guillaume se recentre sur son fief, il s'occupe à nouveau des dossiers municipaux, reprend ses tournées des écoles, des maisons de retraite, des associations, ses entrevues avec ses administrés. Il s'agit en somme d'un retour à la case départ un peu ingrat pour celui qui souhaitait aller plus loin, plus vite, mais il fait ce qu'il a toujours fait et n'a pas perdu la main.

Parallèlement, il travaille à sa réélection comme député du Val-de-Seine. Mis en ballottage, il parvient néanmoins à conserver son siège.

Lorsque, six mois plus tard, il est réélu au comité exécutif du Parti populaire, il pense que la roue s'est enfin remise à tourner en sa faveur. Mais ce n'est pas encore l'heure. Il n'est pas choisi, quelques semaines plus tard, pour faire partie du gouvernement remanié par le Premier ministre d'alors, Jean-Denis Chapuis. Le clan de Charles-bis n'a pas encore pardonné son infidélité.

Cette mauvaise nouvelle est pénible à admettre pour G. M.-C. ; le moral est à la baisse rue de Monceau. Même si Célia tente de donner le change, l'ambiance s'en ressent. « Comme toujours, maman était gaie, elle riait, chantait, se souvient sa fille Juliette. Rien ne nous a alors vraiment pesé. Jérôme et moi, on jouait et on se chamaillait tout le temps. On ne se rendait pas vraiment compte de ce qui se passait, sauf quand il a fallu déménager. On a alors su qu'on allait devoir changer nos habitudes. »

Pour l'heure, les enfants poursuivent leur scolarité rue de Londres, au cours Hattemer. Le week-end et certains mercredis, ils retrouvent la complicité des premières années avec leur mère. Tous trois se rendent chez des amis, chez leur grand-mère à

Saint-Evroult, ou chez leur père, Jean Clérac, qui s'est remarié avec une nouvelle jeune femme, Mireille : « Nous étions tout petits lorsque nos parents se sont séparés, raconte Jérôme. On connaissait peu Jean, qu'on voyait comme papa divorcé. Les souvenirs que nous en gardions étaient surtout liés à la cuisine, où il faisait des merveilles… » Pendant les vacances scolaires, Clérac invite ses enfants dans sa maison du Cantal, à Saint-Firmin-les-Essarts, où ils se mêlent à Françoise et Frédérique, les filles qu'il a eues avec Edwige Amil. Pour les deux cadets, la politique et le spectacle sont deux univers différents, mais « on n'avait aucun mal à s'adapter », précise Jérôme.

La pente est cependant difficile à remonter pour Guillaume qui, Célia le perçoit, montre des signes d'inquiétude. Va-t-il vraiment pouvoir effectuer son retour ? Pour autant, il n'est pas désœuvré. D'ailleurs, en ce mois de décembre, une excellente nouvelle l'attend chez Me Barbezieux, l'avocat qui s'occupe de sa séparation d'avec Thérèse. Cela fait huit ans qu'il tente de convaincre sa femme légitime de divorcer. Elle n'a jamais voulu céder. C'est donc sur les termes de la loi qu'il s'est patiemment appuyé. Aujourd'hui, il a gagné : après six années de rupture officielle, il a lancé une procédure. Il aura fallu quelque deux ans pour qu'elle aboutisse. Désormais, il est libre. Le divorce vient d'être prononcé.

Si Célia s'attendait à cette bonne nouvelle, elle en ressent tout de même un profond soulagement. Cela fait si longtemps qu'elle attend ! Elle n'y croyait plus. Ce divorce compte plus pour elle que pour Guillaume. Si celui-ci était tout simplement heureux de pouvoir vivre avec la femme de sa vie, pour Célia la régularisation de leur situation est un point primordial. Elle se sent pousser des ailes. Dorénavant, elle n'aura plus aucun scrupule à se faire appeler Mme Michaut-Cordier. Douce victoire après ce qu'elle a enduré pendant ces années au long desquelles l'ex-épouse aura usé contre leur couple de tous les stratagèmes d'une femme bafouée.

Et, de fait, c'est ce qu'est Thérèse. Mais Célia ne comprend pas. Elle ne s'est jamais sentie coupable à son endroit, ce n'est pas aujourd'hui qu'elle va verser des larmes sur le sort de son ancienne amie. En amour, lorsqu'on perd, on se retire, pense-t-elle. Ce n'est assurément pas aussi simple, mais a-t-elle jamais été rejetée, elle ? Michel, Dominique, Jean, c'est elle qui les a tous quittés. Ce n'est peut-être pas non plus confortable de tenir le rôle de celle qui s'en va, mais elle n'éprouve ni blessure d'amour-propre, ni sentiment d'abandon, ni la souffrance de celle qui aime encore, ni le désir de vengeance qui dévore. Si Thérèse est malheureuse à en mourir, Célia ne veut pas le savoir. Car elle lui en a voulu de la faire passer pour une briseuse de ménage, de monter ses amis contre elle, de la dénoncer comme sans foi ni loi, peut-être même comme débauchée. Il y a eu de la peine et des torts des deux côtés. Certes, Thérèse n'aurait pas dû s'acharner, mais comment en persuader une femme, une mère brusquement dépossédée ?

Célia a cessé de se poser la question. Elle ne pense plus qu'à une chose : épouser enfin l'homme qu'elle aime. Ce sera fait dès le lendemain de l'officialisation du divorce. À midi, la centaine d'invités, dont Albéric Désormeaux, le banquier Isidore Faillole, l'industriel du luxe Jean-Bernard Sébille, attendent le couple à la mairie de Neuville-sous-Bois. Ses témoins à elle sont deux copines de longue date, Sylviane et Camille ; pour lui, deux amis proches mais d'un tout autre calibre, Claude Berton et J.-B. Sébille. La mariée est habillée par Cardin : tailleur pêche clair pour la cérémonie, un fourreau ivoire pour la réception du soir qui a lieu dans l'appartement du couple. C'est le premier adjoint de Guillaume, Gustave de Bellechasse, qui enregistre l'échange des consentements. Un déjeuner avec la famille et les témoins est organisé dans un restaurant de l'île de la Jatte avant qu'ils n'aillent retrouver les autres invités pour un apéritif dînatoire.

Uni par les liens sacrés du mariage, le couple est enfin légitime et Célia peut penser à faire un nouveau bébé. À près de quarante ans, elle trouve cela un brin tardif, mais la période n'est-elle pas idéale ? Son mari n'est plus confronté à d'aussi grosses responsabilités, elle-même est donc moins occupée. De toute façon, c'est maintenant ou jamais. Il était hors de question qu'elle fasse un enfant hors mariage. C'est ainsi qu'elle conçoit les choses : on se marie et seulement après, on donne naissance. « Je voulais offrir un vrai toit parental à mon petit », dit-elle.

Lorsque le gynécologue lui confirme quelques semaines plus tard qu'elle est enceinte, elle parvient à bluffer une amie en décrétant le plus sérieusement du monde : « Ce sera une fille, tu verras. Elle s'appellera Victoire. » Elle prétend que toute petite, elle s'était déjà convaincue de cela. Et c'est bien le cas : Victoire vient au monde après une grossesse parfaite, celle de la maturité, bien différente des deux premières. « Je n'ai jamais vu maman aussi heureuse, se souvient Jérôme. D'ailleurs, nous nous sentions tous bien, car elle resplendissait. Lorsque Victoire est née, j'étais en classe de neige. De retour à Paris, je l'ai découverte installée dans ma chambre, elle dormait comme un petit bouddha dans son berceau. Moi, j'ai dû m'installer un temps avec ma sœur, ce qui a provoqué pas mal de petits drames. »

Célia est heureuse d'avoir donné la vie à l'« enfant de l'amour ». Elle la surnomme sa « petite princesse ». Comme ses deux premiers, il est une continuité d'elle-même, car elle a un besoin vital d'enfants à qui insuffler son propre amour. La famille, à laquelle elle s'est accrochée durant tant d'années, s'est disloquée. Deux de ses frères, Hector et Christophe, vivent désormais au loin, l'un au Mexique, l'autre en Australie, son père est mort, sa mère a des soucis de santé depuis quelques temps. Il lui est urgent de recréer une cellule familiale. L'amour qu'elle porte aux enfants est pour elle comme un carburant. Ils la font avancer dans la vie. Comme elle roule pour deux, autant dire qu'ils lui sont essentiels.

Parce que l'appartement de la rue de Monceau n'est plus assez vaste, la famille en achète un autre suffisamment étendu pour que les problèmes d'espace vital ne se posent plus. Ce n'est plus à Paris, mais à Neuville-sous-Bois. C'est sous ce nouveau toit que les insomnies de Célia vont commencer. Tout bébé, déjà, Victoire, à la différence de ses parents, n'a pas le sommeil facile. Elle n'en a cure. Jusqu'à l'âge scolaire, toutes les nuits, elle va impitoyablement réveiller sa mère.

Pour Guillaume, ce troisième enfant stimule encore l'envie de réussir : « J'ai une mauvaise nouvelle à vous annoncer : il y a depuis ce matin un Michaut-Cordier de plus au monde ! » lance fièrement le père du divin enfant lorsqu'il débarque, le matin de la naissance, à une réunion du comité exécutif du Parti populaire. G. M.-C. a repris le dessus. On ne l'arrêtera plus.

10

Le revers

« Mon métier, c'est homme politique. Comme tout un chacun, je peux me retrouver au chômage. » Guillaume Michaut-Cordier a une appréhension fataliste des événements. Pour autant il ne fuit pas, ne s'éloigne pas de la politique. Célia est de son avis : « Il avait encore beaucoup à prouver, je ne voulais pas qu'il se gâche. » À Neuville il tient la mairie, il a conservé son siège à l'Assemblée nationale, mais il attend un signe du clan de Charles-bis pour recouvrer enfin des responsabilités au sein du Parti populaire, ce qui augurera de son retour en grâce. C'est par sa force de conviction et grâce à l'appui de quelques collègues qui parleront en sa faveur à l'Élysée qu'il redevient peu à peu une valeur sûre de la majorité.

C'est pendant la nouvelle campagne des Européennes qu'il voit poindre sa chance. Lors d'un meeting rassemblant les sept cents cadres dirigeants du Parti, il lit un discours qui soulève des applaudissements comme il n'en a guère entendu depuis fort longtemps. En coulisse, Célia observe celui qui vibre sous les acclamations. Elle est d'accord sur chacun des points qu'il a défendus. Du reste, elle n'a jamais vraiment contesté ses décisions et elle ne se souvient pas d'avoir eu un différend important ni même de s'être accrochée avec lui sur tel ou tel de ses jugements tranchés. Elle ne le suit pas, elle est simplement en harmonie avec lui ; ils sont sur la même longueur d'ondes, semblables mais complémentaires.

Cette fois, il assure n'être « candidat à rien » en proposant une liste unique aux Européennes. Il a plusieurs fois fait part à Célia de son envie de parvenir à rassembler une grande formation politique de la majorité. D'autant plus qu'il a échoué en la divisant, trois ans auparavant. Elle l'encourage à se battre pour relever ce nouveau défi. Elle aussi a envie d'être à nouveau considérée par les pairs de son mari. Il est agréable de se trouver du bon côté de la barrière. Et même si elle semble faire peu de cas de ce qu'on peut penser d'elle ou de ses actes, elle est bien plus sensible à l'opinion d'autrui qu'elle ne le laisse paraître. Aussi est-elle satisfaite d'entendre, le soir même, Guillaume en grande conversation avec Charles-bis qui le félicite avec chaleur pour ses propos en faveur d'un parti unique de la majorité. Elle n'a jamais cru que le retour en grâce de son époux était lié au bon vouloir du duo féminin de l'Élysée, Dorothée et Geneviève, l'épouse et la sœur du Président qui, trahies par le « gendre idéal », auraient refusé jusque-là qu'il revienne parmi les siens. Foutaises ! répète Célia en imputant tout à une rivalité d'hommes. Si Charles-bis refait signe à Guillaume, c'est parce qu'il en a décidé ainsi. D'ailleurs, elle aime à rappeler que Geneviève est restée pour elle une copine. Elle l'a souvent reçue à déjeuner au ministère. Il est vrai que ça fait un bail que le *tea time* de ces dames n'a pas eu lieu.

Dans le fond, peu importe la raison de ce revirement et de cette confiance toute neuve que lui témoigne l'hôte de l'Élysée : le couple se réjouit de l'aubaine. G. M.-C. ne comprend pas pourquoi on lui laisse autant d'espace, mais quand on lui en concède un, il l'occupe ! Il prend la tête de la liste d'Union pour l'Europe, qui est avalisée par le comité exécutif du Parti, et du même coup devient numéro un de ce dernier. Mais ce qui l'attend, il est encore loin de se l'imaginer. Célia non plus, qui se démène comme un beau diable pour l'assister, le conforter, le rassurer, jouant chaque soir les confidentes, voire les soutiens psychologiques lorsque les doutes sur ses aptitudes à réussir assaillent son mari.

Pourtant, il faudra bien s'y faire : la défaite, une fois encore, est indéniable. Ceux qui chantaient à tue-tête dans les meetings « On est les champions ! », ovationnant Guillaume Michaut-Cordier comme ils l'avaient conspué lors des dernières présidentielles, ne vont pas tarder à penser que, décidément, rien n'est gagnable avec ce type-là. Et c'est sans doute ce constat qui affaiblira le plus G. M.-C. Et c'est aussi sans doute pourquoi, pour la première fois depuis une dizaine d'années, Célia va craquer.

À la veille de l'été, la liste du député-maire de Neuville-sous-Bois n'arrive en effet qu'en troisième position derrière les socialistes et la coalition des droites souverainistes de César Beretta et Jean-Marie de Rochebrune. Une gifle d'autant plus cinglante que c'est G. M.-C. qui a remplacé au pied levé César Beretta place Beauvau lorsque ce dernier a choisi la dissidence en créant sa propre liste avec Rochebrune. Même si, parmi ses partisans, on estime qu'il a mené cette campagne en terrain miné, il n'en reste pas moins qu'il est perdant pour la deuxième fois en un rien de temps.

Toute la journée précédant la proclamation des résultats de ces Européennes, Célia ne quitte pas Guillaume d'une semelle. Pour mieux endurer la soirée électorale, ce dernier demande à son fils aîné, François, de les rejoindre rue de Grenelle, au nouveau siège du Parti populaire. À seize ans, François est déjà captivé par la politique. En cela il suit les traces de son père quand son frère Edmond, de deux ans son cadet, est encore trop jeune pour s'y intéresser. Malgré la stricte surveillance dont fait l'objet de la part de sa femme son régime alimentaire autrefois anarchique, Guillaume avale tout ce qui lui tombe sous la main parmi le buffet campagnard dressé pour l'occasion. Elle ne bronche pas. Elle sait que cet accès de boulimie n'augure rien de bon. Avec son mari, cela fait plus d'une décennie qu'elle a appris à s'endurcir, et cette fois encore, ils se sont préparés à affronter un mauvais score. Les derniers sondages étaient régulièrement à la baisse et Guillaume n'attend pas de miracle. Tout de même, il reste abasourdi par la réalité de la sanction. Comme de coutume, Célia se montre peu loquace, mais elle sait faire sentir son indispensable présence. Elle l'accompagne au quartier général de campagne, rue de Bourgogne, où il s'escrime à rédiger un discours qui saurait expliquer cette Bérézina et qu'elle relira avec lui pardessus son épaule une fois qu'il en aura terminé. Puis elle l'accompagne à Télé-France où on l'attend. L'humiliation de son mari, lorsqu'il traverse les studios bondés dans un silence embarrassé, est aussi la sienne.

Lorsqu'il s'exprime sur le plateau de la chaîne privée, il n'a pas d'autre choix que de s'imputer l'entière responsabilité de l'échec. Une fois de plus. Mais si les militants perdent foi en lui, curieusement, ils ne se montrent pas aussi sévères qu'à l'occasion des présidentielles. Celui que l'on accusait de se prendre pour un petit Napoléon a prouvé qu'il était capable d'humilité en se battant pour faire gagner un parti, et non pour lui-même. Toutefois, c'est un coup dur pour le couple. Surtout pour Célia qui, plus que jamais, aspire à s'éloigner de ce milieu qu'elle a de plus en plus de mal à supporter. Sans compter qu'elle se sent fatiguée.

Fatiguée parce qu'elle vit intensément au même rythme que son époux et encaisse elle aussi ses revers, mais également par les premières crises d'adolescence de Jérôme et par ses responsabilités de jeune maman : ces deux dernières années à pouponner Victoire ont été exténuantes. Pourtant, elle n'est pas de celles qui se plaignent, elle n'a jamais hésité à cumuler le soin prodigué aux enfants et son travail auprès de son mari. Pour cela, elle a pris exemple sur Toinou, sa belle-mère, qui, seule à élever sa progéniture après le départ de leur père, avait repris ses études et s'était lancée avec détermination dans le professorat. Une femme peut être faite pour plusieurs vies et Célia sent que c'est son cas.

Mais ces derniers mois ont été rudes et douloureux. La disparition soudaine de sa propre mère, quelques semaines auparavant, l'a brisée. En l'entraînant dans sa campagne, Guillaume l'a arrachée à sa détresse. À soixante-douze ans, Gina a succombé à un arrêt cardiaque qui l'a emportée en quelques minutes, à peine le temps de dire adieu aux siens. Célia a veillé seule aux obsèques. Hector, Christophe, Évelyne, Chantal, dispersés aux quatre coins du monde, ne sont pas arrivés à temps. Elle ne les souhaitait d'ailleurs pas à ses côtés. La mort de sa mère est comme un gouffre béant dans lequel elle glisse. Il n'y a pas plus grande souffrance pour elle que ce moment où elle fuit les souvenirs de son enfance pour ne pas réaliser l'impensable. Sa mère était aussi sa confidente. Elle a perdu sa meilleure amie.

Juliette se rappelle aussi ce jour où elle a vu sa mère « dévastée » : « Quand on est jeune, on croit sa maman indestructible, dit-elle. Je l'ai vu pleurer si longtemps que j'avais autant de peine pour elle que pour ma grand-mère, partie si vite. »

Quelques jours avant de rendre l'âme, Gina avait prié Antoinette Michaut-Cordier de venir lui rendre visite. Les deux femmes étaient déjà devenues de vieilles amies. Lors de cette entrevue, elles se confièrent leurs ultimes secrets. Gina s'éteignit en paix, rassurée, et Célia en serait à jamais reconnaissante à sa belle-mère.

Cette année-là est donc à marquer d'une pierre noire pour la fille de la défunte, qui voit désormais la vie autrement. Comme souvent quand on perd un être cher, elle souhaite renouer avec l'essentiel. Guillaume comprend lui aussi qu'il est temps de ménager une pause. Il en a tout autant besoin. On ne sort pas indemne d'un double échec. En un rien de temps, il organise un séjour à Istanbul.

Célia boucle ses valises avec soulagement. Carte postale aux enfants : « Il fait beau. La chaleur est légère. Nous sommes heureux d'être ensemble. Pensons à vous. » Flâner, visiter, lire, oublier : tel est le programme. Ils décident même de ne pas se procurer les journaux, encore moins de regarder une chaîne de télévision. Tous les soirs, comme de simples touristes, ils vont boire un verre sur le Bosphore. Célia commence à se sentir revivre. Mais c'est trop court, ce bonheur est si fugace, elle a l'impression qu'elle ne parvient plus à le retenir, qu'il lui glisse entre les doigts.

Lorsqu'ils rentrent à Paris, elle est toujours aussi fragilisée par ces derniers mois si pénibles alors que Guillaume, lui, est déjà prêt à reconquérir la tête du Parti populaire. Mais, à l'Élysée, on ne le souhaite pas. On lui promet davantage si seulement il sait se montrer patient. La patience n'est pas son fort. Pourtant, contre toute attente, il se retire de la course et Célia en profite alors pour lui avouer sa lassitude.

« Il y a eu une période de flottement durant laquelle on s'est interrogés sur l'avenir, raconte-t-elle. Au début, je lui ai dit : "Tu en as bavé, tu dois arrêter", car je pensais qu'il était allé au bout de ce qu'il pouvait faire. J'ai vu qu'il m'avait écoutée et qu'il réfléchissait même à cette éventualité. »

Guillaume est en effet sensible aux conseils de son épouse. Lui aussi est inquiet. Il se rend compte qu'elle en a assez, qu'elle considère tous ces efforts fournis en vain comme un tribut trop lourd. Il la sent prendre ses distances avec un milieu trop chiche en qualités de cœur. Elle se fait de moins en moins à la manipulation, à la caricature, aux cabales et aux soupçons qui sont devenus le lot quotidien des hommes politiques. Célia lui conseille d'étudier les offres extérieures qui lui sont faites. Elle-même examine avec grande attention ces propositions qui pourraient imprimer une nouvelle orientation à leur vie.

Mais il n'est pas certain que l'avenir de Guillaume soit dans l'expertise fiscale. L'impôt sur les particuliers ou les sociétés n'est pas une alternative propre à le séduire. Et Célia doit le constater assez vite : son mari n'est pas prêt à renoncer à la bataille politique. « J'ai fini par changer d'avis, reconnaît-elle. Je l'ai observé, écouté. C'était comme un violoniste virtuose qui aurait eu entre les mains un Stradivarius. S'il n'en joue pas, il se morfond et sombre dans la neurasthénie. » Sans compter que Guillaume est trop fier pour renoncer. Il lui faut faire face et il sait gré à sa femme d'être là, une fois de plus, pour l'épauler. Elle lui demande juste une faveur : s'échapper un week-end pour emmener Victoire au Parc Astérix et passer trente-six heures parmi les Gaulois facétieux et les attractions foraines. Ce n'est pas tant pour Victoire, qui n'a pas encore soufflé ses trois bougies, mais pour elle-même : elle affectionne les parades de ce genre d'endroits qui la font rêver comme une gamine. Et le fait qu'elle s'apprête à fêter ses quarante-trois ans n'y change rien !

Hélas, si Guillaume les accompagne bien cet été-là chez Astérix, il ne terminera pas en famille son séjour-éclair dans le parc. Charles-bis le convoque et il doit repartir au bout de quelques heures. Voilà le genre d'épisode qui, peu à peu, met à vif les nerfs de Célia.

Le mois suivant est plus calme, Guillaume semble vouloir prendre plus de vingt-quatre heures de repos d'affilée et c'est de nouveau à La Bourboule, près de sa mère, qu'ils partagent leur temps entre lectures, promenades, longues soirées à deviser. Mais il faut bientôt déjà repartir aux universités d'été du Parti, à Pau. Pour s'y rendre, Célia choisit le train, moyen de locomotion qu'elle apprécie en ce qu'il favorise les apartés, qu'on n'y est pas dérangé en permanence par une hôtesse qui vous propose jus d'orange, journal déjà lu ou sachet de noix de cajou. Ces rassemblements politiques la trouvent souvent silencieuse, observatrice comme à l'accoutumée, concentrée sur des débats qui ne la passionnent pas outre mesure, mais qu'elle écoute dans l'unique souci d'être toujours au courant de tout. L'efficacité d'un conseiller passe par cette abnégation.

Puis c'est Bayonne où Guillaume doit s'exprimer devant des militants. En dehors des universités d'été, depuis les fatales élections européennes, il n'en a pas rencontré. À quelle sauce va-t-il être mangé ? Dans l'avion, Célia a pris soin de placer quelques journalistes non loin d'eux pour converser sans façon : il est préférable que son mari ait leur soutien, une fois là-bas. Mais ce n'est pas ce meeting – un parmi tant d'autres – dont se souvient Célia, mais des bêtes de corrida. Un éleveur ami a proposé à Guillaume de s'amuser à agiter la muleta devant un taurillon déjà fougueux et elle a pu constater combien ce sport-là suscitait les mêmes émotions que ceux qu'ils exercent quotidiennement dans l'arène politique.

Une fois rentré sur Paris, le couple repart, mais, cette fois, en famille. Enfin la récré ! Un week-end au Festival du film fantastique. Pour Célia et les enfants, c'est un cadeau attendu de longue date : regarder des films jusqu'à plus soif, le rêve ! Quarante-huit heures durant lesquelles ils ont à cœur de ne parler que de cinéma. C'est si peu courant qu'elle est aussi ravie qu'une enfant à qui on offre une glace en plein hiver…

Dans la voiture qui les ramène vers Paris, le ton change. Guillaume est préoccupé. Il conduit silencieusement, ce qui intrigue Célia. Elle ne sait plus vraiment que lui conseiller pour l'avenir : doit-il ou non poursuivre en politique ? Doit-il, contre l'avis de Charles-bis, se présenter à la tête du Parti populaire, ou lui faut-il se retirer pour vivre autre chose ? Au fond d'elle-même, Célia souhaiterait qu'il prenne du recul, mais elle entend continuer à suivre et soutenir son mari qui, elle le pense, est plus que jamais attaché à son engagement politique. C'est pourquoi, pendant deux heures, elle argumente pour qu'il mène à nouveau campagne. Guillaume n'est pas dupe et reste muet. Finalement, le soir même, après avoir couché les enfants, il lui annonce d'une voix sereine qu'il ne participera pas à ce combat-là. En revanche, il n'abandonne pas ce pour quoi il est définitivement fait, mais il aspire à changer sa manière d'agir et de penser. Il veut évoluer.

Célia n'en revient pas de cette volte-face. Elle n'a pas perçu chez lui ce tournant. Il n'a pas partagé ses incertitudes avec elle. Il a pris sa décision en l'écoutant, certes, mais sans lui donner l'occasion de cerner dans quel état d'esprit il se trouvait. Ainsi, par passion mais aussi par orgueil, pour ne pas partir sur un échec, il va rester en politique, mais en cherchant un nouveau rôle à jouer.

Elle ne doute pas qu'il puisse rebondir. Elle est une fois de plus admirative, quoiqu'un brin sceptique. Advienne que pourra !

Le maire de Neuville-sous-Bois n'a pas abandonné ses administrés, bien au contraire. Et il revient de plus belle, Célia dans ses pas, toujours heureuse de se consacrer à ce lieu où tout a commencé. Réunions et entrevues avec les commerçants, les bureaux d'associations, les militants locaux : il ne perd pas de vue qu'il reste un élu. Il poursuit aussi sa carrière de fiscaliste. Il a créé son cabinet une dizaine d'années plus tôt avec deux confrères et se targue d'avoir encore le temps de s'occuper de quelques dossiers. En fait, il est le dirigeant attentif d'une douzaine de salariés dont les trois quarts sont des conseillers fiscaux ou des avocats d'affaires. Mais, en cette période de relative liberté, il reprend contact avec quelques gros clients, notamment avec Claude Berton et Jean-Bernard Sébille de qui il demeure le conseiller très écouté.

Célia ne s'intéresse pas outre mesure au métier de son mari, mais elle sait qu'il représente une porte de sortie si, un jour, il venait à renoncer à la politique. Ce n'est pas ce qu'il dit s'apprêter à faire, mais ça en a tout l'air.

En ce matin d'octobre, Guillaume Michaut-Cordier planche sur le discours qui marquera sa dernière apparition publique en tant que responsable du Parti populaire. Dans sa chambre d'hôtel, à Strasbourg, il tente de trouver les mots justes, et c'est son épouse qui va lui servir de *coach*. Durant tout l'après-midi, le couple ne quitte pas sa suite : Célia fait répéter G. M.-C. D'habitude, il n'a nul besoin de se préparer, mais le stress est là et, une fois de plus, la présence de sa femme est nécessaire à sa concentration. C'est même la seule qu'il tolère.

Devant les militants rassemblés ce jour-là, elle est émue d'entendre son époux annoncer qu'il quitte leur monde pour quelque temps, mais elle se sent davantage encore délestée d'un poids, celui de la tension et de l'inquiétude permanentes. Contrairement à leur traversée du désert d'il y a quelques années, il ne s'agit plus de survivre politiquement, mais d'évoluer différemment. Elle ne sait pas trop bien à quoi ce vœu correspond : elle a longuement débattu avec lui de ses envies, de ses désirs, mais Guillaume lui-même semble indécis sur la route à emprunter. Il n'est certain que d'une chose : il aspire à un éloignement médiatique et politique. Et si la porte doit se fermer, cette fois, ce sera à son instigation. Il sera responsable de son propre oubli.

Ce n'est pas une décision facile. « Quand les projecteurs s'éteignent, on souffre d'une forme de solitude », soulignait déjà, naguère, un Jean Clérac. Il va donc falloir trouver autre chose pour l'occuper.

Pour autant, n'allons pas croire que les Michaut-Cordier vont partir faire le tour du monde, le sac au dos ! Leur quotidien est toujours rythmé d'entrevues et de rendez-vous dont la plupart avaient été remis plusieurs fois pour cause d'agenda surchargé. Ainsi Guillaume et Célia se font-ils plaisir en organisant des « rencontres décalées » ou en se rendant à des déjeuners de « curiosité ». En font partie le juge antiterroriste Philippe Walter, le père Leblanc, fondateur des « Petits frères des cités », le président des groupes rivaux Union centriste et Centre uni à l'Assemblée, Didier Boileau-Dugave et Raymond Dodu, ou encore Francis Etchegoyen qui, ayant horreur de se coucher tôt, n'avait jamais trouvé de bon « créneau » horaire avec les Michaut-Cordier qui, eux, sont au lit dès l'achèvement du *prime time* télévisé...

Mais cette période est riche pour d'autres raisons que le plaisir de converser avec des interlocuteurs choisis et non plus imposés. Tous les deux férus de sport, mari et femme courent ensemble chaque matin, font des virées à vélo comme cette randonnée autour de la capitale organisée par le club La Roue libre neuvilloise. Ils nagent en fin d'après-midi à la piscine des Acacias ou montent à cheval en forêt de Senlis. Enfin, comme naguère, ils s'offrent quelques destinations dépaysantes comme ce voyage en Russie, de Kiev à Rostov, Moscou et Saint-Pétersbourg, précédé d'une escale à Erevan qui réveille les gènes arméniens de Célia.

Celle-ci commence à comprendre quel bénéfice son mari va retirer de cette pause salutaire. Elle le voit se transformer. Il est plus serein que jamais, moins impulsif, toujours aussi déterminé dans ses actes, mais moins acéré, plus souple. Il se cherche une nouvelle identité pour revenir sur le devant de la scène politique en homme neuf. Pendant près de deux ans, il s'astreint à prendre son temps, que ce soit à Paris où il profite pour prendre le petit déjeuner avec François et Edmond, les enfants qu'il a eus avec Thérèse, ou pour perfectionner son anglais, relire les classiques français qu'il apprécie, comme La Bruyère et Paul-Louis Courrier, à propos desquels il partage ensuite ses commentaires avec Célia, grande lectrice elle aussi, mais de romans : George Sand plus que Stendhal, Gide plus que Malraux, Martin du Gard plus que Proust, Modiano plus que Sollers ou Houellebecq... Il emmène régulièrement Célia au Normandy, à Deauville, pour sa proximité avec la plage. Là, ils sortent peu mais apprécient quelques endroits où ils ont leurs habitudes, comme les Quatre Chats, à Trouville, ou la crêperie de Mme Chignon, rue Lagrange. Célia préfère toutefois les plateaux de fruits de mer et c'est à L'Écailler, en bordure des planches, qu'elle organise des tablées avec le jazzman Frankie Larmor ou des amis moins *people* comme l'avocat Fernand Bouvier ou les fils du promoteur Leroy-Praslin.

Guillaume ne perd pas de vue ses ambitions. Il élargit et diversifie ses réseaux, parfait ses connaissances, prend le temps de parler, de comprendre. Célia le conseille dans ses choix, le pousse parfois à rencontrer telle ou telle personnalité au détriment d'une autre, lui suggère de se montrer plus proche de ses concitoyens, de leurs problèmes concrets, immédiats, quotidiens, lui organise des sorties culturelles et se régale de leurs tête-à-tête dans les petits restaurants de la périphérie parisienne.

Tout cela va bientôt prendre fin, elle le sait. Après cette parenthèse, elle est même prête à redescendre dans l'arène avec son époux. Elle ignore encore que sa vie va changer radicalement. Elle avait cru avoir tout vu, tout entendu, tout supporté. Elle est bien loin de s'imaginer que de l'ombre, elle va passer en pleine lumière. Laquelle finira par l'aveugler.

11

De l'ombre à la lumière

Dès le premier été du nouveau siècle, Célia perçoit un changement dans le comportement de son mari. L'animal politique est de nouveau prêt à bondir, il s'y prépare placidement, comme un félin qui attend le moment favorable pour capturer sa proie. Nul ne conteste sa compétence en tant que député-maire, il a même marqué des points en se consacrant ces dernières années à sa ville du Val-de-Seine, mais l'ancien dirigeant du Parti populaire souhaite avant tout retrouver une place de choix auprès de Charles-bis. Pas n'importe comment, cependant : en homme fort. Le *timing* est parfait pour un retour : les nouvelles présidentielles se profilent.

Lorsqu'il fait ses premières sorties officielles, les militants le trouvent changé : plus dispos, plus chaleureux, moins tendu, moins frénétique. Ce qui n'a pas changé, par contre, c'est l'omniprésence de sa femme. Chaque poignée de mains lui doit quelque chose. Mais elle mesure que la popularité de son mari est inversement proportionnelle à la sienne propre. L'indifférence dont ce petit monde fait montre à son endroit la déstabilise à nouveau ; elle n'était plus habituée au petit jeu pervers qui consiste à lui battre froid. En va-t-il de même pour Geneviève qui veille à l'Élysée sur son frère comme une louve sur son petit ? Certainement pas. Mais Mme Michaut-Cordier n'est pas le conseiller en communication de Charles-bis. Pour l'heure, elle accompagne G. M.-C. dans sa montée en puissance, mais il est encore dans les starting-blocks. Certes, le départ ne va pas tarder ; les militants et les fidèles de Guillaume le savent, et c'est la raison pour laquelle les sourires refleurissent vite autour de lui. Car il se peut que le revenant hante bientôt à nouveau les couloirs des ministères. Il a beau avoir respecté un silence de dix-huit mois, il semble plus que jamais apte à faire figure d'atout majeur de l'hôte de l'Élysée pour sa réélection.

Bientôt, cependant, l'image de Célia à l'intérieur du Parti commence à évoluer. On la crédite dans une large mesure du changement de comportement de Guillaume, on se dit que son influence sur lui est peut-être bénéfique, qu'il ne convient sans doute pas de la diaboliser. Présente à ses côtés, elle reste la plupart du temps discrète et ne se donne jamais en spectacle. De plus, elle ne se permettrait jamais de discuter un point de politique en public, ni de se mêler d'une conversation entre son mari et des militants ou des conseillers.

Elle n'intervient en aucun cas dans son discours. Dès l'instant où son rôle se limite à choisir sa cravate ou à lui masser les épaules lorsqu'il est trop tendu, rien à redire ! Bien entendu, dans les faits, elle n'est pas qu'une bonne épouse attentionnée ; aussi instinctive qu'intelligente, ces deux qualités l'aident à se faire accepter peu à peu dans ce milieu de machos où l'on a tôt fait de vous faire gentiment comprendre que votre place est ailleurs.

Avant que ne démarre officiellement la campagne des présidentielles, Célia souhaite une ultime accalmie avant la tempête et invite Guillaume à se libérer pour quelques jours à Majorque. Le séjour n'est pas aussi idyllique qu'elle le pensait : Guillaume est reparti en politique, on ne lui laisse pas un moment de répit. Les coups de téléphone s'enchaînent, les messages l'attendent à l'hôtel à chaque retour de promenade. Célia comprend qu'une nouvelle ère de labeur acharné a débuté.

Dès leur retour à Paris, ils s'astreignent à ne rien négliger, acceptent toutes les rencontres, tous entretiens, rendez-vous, déplacements, meetings qui pourraient les servir. Plus que jamais elle se sent en osmose avec Guillaume. Dorénavant, pour gagner, ce n'est plus « je », mais « on ». Le couple est entré dans une complicité fusionnelle, sa complémentarité est à son meilleur. « C'est maintenant ou jamais », se dit Célia qui sent qu'elle ne supporterait pas un nouvel échec. Elle organise la promotion de son mari en ne laissant rien au hasard. Il planche sur ses discours, elle attend qu'il les lui lise pour faire part de son sentiment ; il mouille sa chemise dans les meetings, elle lui en passe une autre en coulisses ; il est exténué, elle s'occupe de la famille et veille à ce qu'il soit couché dès 22 heures. Objectif unique : être le supporter de son mari dans la course à Matignon.

Mais, décidément, les choses tournent rarement comme G. M.-C. le désirerait. C'est finalement le gros Jean-Marcel Viennois qui semble le mieux à même de devenir le nouveau Premier ministre de Charles-bis en cas de victoire. Et c'est bien lui que le Président, réélu, choisit d'installer rue de Varenne.

G. M.-C. s'en mord les doigts mais sait qu'après ces mois concluants, il a repris un poids politique certain. Il fait donc contre mauvaise fortune bon cœur : c'est mieux que rien. Il est revenu dans la course, même si, avec lui, rien n'est jamais gagné. Et c'est le poignard entre les dents qu'il accepte le ministère des Armées. En investissant la rue Saint-Dominique, il compte bien poursuivre sa courbe ascendante. Et, cette fois, il va s'astreindre à ne pas chuter en cours de route. « Son travail constant, sa rigueur et sa détermination l'ont aidé à être de nouveau reconnu », explique Célia qui n'est pas si mécontente de ne pas avoir emménagé à Matignon. À la Guerre, elle va découvrir un univers qui lui est totalement étranger. Mais elle sait que son époux s'intéresse de très près à la sécurité du pays. Lors de leur voyage sur la côte Est des États-Unis, elle l'avait déjà vu très intéressé par les problèmes de défense tels qu'ils étaient traités outre-Atlantique, curieux notamment de savoir comment on y conciliait stratégie globale et lutte contre les subversions extérieure et intérieure. « Là-bas, évoque Célia, nous avons été étonnés de voir des jeunes étudiants arborer des t-shirts portant le sigle de la police de Frisco. Alors qu'en France, des policiers nous avaient avoué qu'ils ôtaient leur uniforme avant de rentrer chez eux en banlieue afin que leurs voisins d'immeuble ne découvrent pas leur vrai métier… »

La rue Saint-Dominique va se révéler pour elle un lieu d'épanouissement professionnel majeur. Elle va épouser la cause de tous ces hommes et femmes qui, clame-t-elle non sans emphase, « ont choisi de mettre leur vie au service de la patrie ». Elle va également se rendre compte de sa propre valeur et de son pouvoir. Peu à peu, elle va mûrir au contact des soldats de tous grades, mais aussi des victimes sur les terrains où ceux-ci sont envoyés en mission.

Elle débarque donc au ministère des Armées avec ses cartons, mais sans idée de grandeur. Elle entend rénover plutôt que redorer. L'électricité, les cuisines, les caves, les bureaux des officiers de sécurité font partie de ses priorités. Pour reconstituer l'ambiance familiale de l'appartement de Neuville-sous-Bois, elle dispose les objets personnels de chacun dans les pièces qui leur sont allouées, des bougies parfumées et des fleurs dans son bureau, des tableaux contemporains aux murs, des couleurs chatoyantes sur les lits. Elle ne peut échapper à la rébellion des enfants, devenus adolescents, qui n'ont pas envie de quitter de nouveau leur univers pour un autre. Elle ne leur en veut pas de se sentir une nouvelle fois bousculés, mais elle leur conseille de ne pas râler, de ravaler leurs plaintes, et, pour bénir plus tard la chance inouïe qu'ils ont eue de se trouver là, de consigner dans un journal de bord leurs impressions. Pour Victoire, c'est un peu plus compliqué : la voilà installée dans une chambre étrangère, avec des employés de maison à profusion, des gardes, une organisation drastique. Elle n'a pas connu, comme ses aînés, cette existence particulière, et ce nouveau cadre ne va pas arranger son sommeil déjà perturbé. Elle ne veut toujours pas dormir comme tout le monde. Pendant des années, elle continuera à se réveiller en pleine nuit comme si c'était le petit matin, les yeux grands ouverts, l'esprit clair. Célia doit se fâcher pour obtenir qu'elle se recouche.

D'où une fatigue liée à l'insomnie, qu'accroît son rôle nouveau au sein du ministère. Elle y exerce des responsabilités qui n'engagent plus seulement Guillaume, mais elle-même. On vient la solliciter pour soutenir des associations, des œuvres, débattre de problèmes de reclassement, trouver des solutions à des soucis quotidiens mais souvent vitaux pour ceux qu'ils affligent, lever des obstacles dans une démarche, régler des dossiers qui traînent en longueur. Consciente de faire avancer les choses par sa seule présence ou sa seule parole, elle se prend au jeu et y consacre pas mal de son temps, sans que cela nuise pour autant à l'image de son mari, bien au contraire.

Les difficultés vont apparaître subrepticement avec sa propre médiatisation. Si, au début, elle n'a pas vu malice à faire parler d'elle, elle va peu à peu déchanter. Car, dès lors qu'elle se lance elle aussi dans une campagne médiatique destinée à servir son époux, elle dérange. Elle a beaucoup de mal à endurer ces critiques dont elle ne comprend pas le fondement. Que fait-elle de mal ?

Elle tente de se recentrer sur son rôle de femme de ministre qui passe donc, pour elle, par une certaine action sociale. Guillaume l'y encourage. Mais, toujours aussi entreprenant, il se repose sur elle pour tout ce qui concerne sa logistique. Elle prend en charge ses déplacements en province et à l'étranger, contrôle son agenda, lui conseille le maintien d'un rendez-vous de préférence à un autre, l'engage à rencontrer certaines personnes bien heureuses d'avoir pu passer par l'antichambre pour accéder à l'antre du grand homme. Car Célia a installé son bureau tout à côté de celui de son mari. Pour se rendre chez le ministre, il faut traverser le sien. Avisé et bien pratique pour elle comme pour lui. Lorsque ce n'est pas le cas, Guillaume vient lui-même lui présenter certains de ses interlocuteurs. C'est la politique version « jamais l'un sans l'autre ». On les oppose à Charles-bis et à son épouse Dorothée alors qu'on devrait peut-être les comparer. Eux aussi marchent à deux. Célia a d'ailleurs beaucoup d'estime pour la première dame de France qui est l'image même de la femme à poigne sachant rester dans l'ombre juste ce qu'il faut, mais qui exerce par ailleurs des fonctions électives dans les Deux-Sèvres. Elle a beau agacer certains par son côté strict et revêche, elle sait se faire respecter. Depuis qu'elle partage le parcours politique de Guillaume, Célia s'évertue à faire de même.

Rue Saint-Dominique, la vie finit par paraître profitable à tous. Malgré le déménagement, les enfants trouvent leur place dans ce ministère où leur mère se sent précisément à la sienne. « J'allais dans les cuisines discuter avec les maîtres d'hôtel, se souvient Jérôme. Certains soirs, Juliette et moi sortions en boîte. » Mais toujours accompagnés. Depuis que Guillaume est redevenu ministre, toute la famille est « fliquée ». Entrées et sorties sont scrupuleusement notées dans un livre tenu par un secrétaire, les enfants escortés par un garde du corps et conduits dans une voiture avec chauffeur. Impossible de faire le mur dans ces conditions ! Les intéressés ne montrent aucune arrogance, ils savent se tenir et faire bonne figure. Ce sont là des valeurs familiales.

Le week-end, Célia met parfois son grain de sel dans la composition des menus. Lorsqu'elle précise à tous que c'est elle qui invite, cela veut dire qu'on a droit à une pizza ou à du poulet-frites ! Moments d'exception pour les jeunes, mais aussi pour leur mère qui, en ces instants, réalise qu'elle ne saurait être plus satisfaite.

Si les enfants deviennent plus autonomes, ils n'en sont pas plus faciles à gérer. D'abord il y a la notable différence d'âge entre les aînés et Victoire : les problèmes à régler sont bien différents. Dès qu'elle le peut, Célia va chercher ses enfants à leur cours et elle ne manque pas une réunion de parents d'élèves. Elle fait ensuite ce qu'elle peut pour tenir son mari informé. Cela se passe souvent le soir, lors du dîner en famille.

C'est au cours d'un de ces repas que Jérôme demande à quitter la France. Les nouvelles fonctions de son beau-père lui pèsent, il souhaite prendre du recul et terminer ses études ailleurs : « Ça m'a gêné que mes parents soient si connus, explique-t-il. J'avais envie de connaître une vie plus normale, anonyme. J'ai essayé de refuser les gardes du corps, les chauffeurs. En vain. Le week-end, quand je sortais avec des amis, je savais que ma mère, le lendemain, avait sur son plateau de petit déjeuner une fiche avec l'heure à laquelle j'étais rentré. Je détestais ça. Je n'ai jamais invité personne à la maison : vous imaginez, faire venir mes copains rue Saint-Dominique ? Pas très relaxe de prendre un pot avec garçons en uniforme et gants blancs ! » De fait, sa mère a exigé du personnel qu'il serve en tenue… question de standing ! Comme pour Juliette, le refuge de Jérôme au ministère, c'est l'office, le seul endroit où on ne lui interdise pas de fumer…

Puisqu'il se sent si mal dans cette existence trop bien réglée, sa mère accepte de l'inscrire dans une université allemande. Les voilà partis tous deux outre-Rhin pour Heidelberg. Il fait froid et gris, le campus est plongé sous la bruine, Jérôme regarde le paysage et comprend que là comme nulle part ailleurs il pourra passer sereinement ses jours sans faire l'objet d'une surveillance permanente, de regards scrutateurs et de jugements sommaires. Il s'est inscrit pour trois ans. Lorsqu'elle le quitte et repart, seule, vers la gare reprendre le train pour Paris, Célia croit n'avoir jamais autant pleuré de sa vie.

Pour sa part, Juliette n'éprouve pas les mêmes difficultés que son aîné à vivre avec un beau-père ministre. Dans sa tête, tout est clair, rien ne la dérange. Elle développe une grande complicité avec sa jeune sœur Victoire et refuse l'idée de la quitter. À l'époque, Victoire fréquente le Petit Cours de la Sainte-Trinité, Juliette est toujours inscrite au Cours Hattemer, elles se retrouvent à l'heure du goûter et c'est la puînée qui, souvent, fait faire ses devoirs à la cadette. Le soir, le coucher de Victoire reste un exercice pénible et Célia décide de l'inscrire au club de tennis du Racing où elle se rend plusieurs fois par semaine afin de se défouler suffisamment pour la laisser dormir. L'enfant dormant davantage, la tension familiale se relâche alors peu à peu…

Les deux cadettes réclament plus d'attention qu'auparavant. Mais Célia explique que leur petite famille doit faire l'effort de comprendre que Guillaume est peu disponible, qu'il occupe une fonction importante et que l'intérêt du pays prime sur tout. En fait, Juliette et Victoire regrettent surtout que leur mère soit elle aussi absorbée par tant d'occupations.

Célia s'est en effet investie avec plus d'entrain encore dans ses missions auprès de son époux.

Mais elle les remplit moins anonymement. Depuis qu'un portrait d'elle a été publié dans un quotidien du matin, entraînant *ipso facto* une avalanche d'autres articles, le tandem ne passe plus inaperçu. On interroge l'un et l'autre en permanence sur sa moitié respective : « Elle est à la fois ma force et mon talon d'Achille », dit-il. « Mon rôle est de ramener un homme hors normes à la normale », énonce-t-elle.

La seconde année de G. M.-C. dans le fauteuil de ministre des Armées voit ses positions renforcées. Il a recouvré la confiance de l'Élysée mais ne se repose pas pour autant sur ses lauriers. Lorsque sa journée publique est terminée, il monte après dîner dans son bureau privé pour étudier les dossiers du lendemain. Vers 22 heures 30, Célia frappe à sa porte pour lui indiquer qu'il est largement l'heure d'aller au lit. « On ne peut pas être du matin et du soir ! » répète le ministre lorsqu'on le charrie dans un dîner sur ses bâillements précoces et son besoin de se coucher avec les poules.

Il sait que sa femme a raison : il doit se discipliner. Elle veille sur son sommeil, son régime alimentaire, sa tenue vestimentaire, jusqu'au choix de certaines de ses relations qu'elle prend soin de trier sur le volet. Elle veille aussi à le décharger de tout ce qui pourrait nuire à sa concentration et à son engagement : « Le vrai talent, répond-il aux journalistes qui l'interrogent, c'est de faire en sorte de supporter la charge de travail. » Et d'être bien entouré.

Célia aussi a fort à faire. En dehors de l'aide prodiguée à son mari, elle a la lourde tâche de préserver l'harmonie du foyer. Ce qui passe par des règles drastiques imposées à son clan : une balade familiale en forêt au moins une fois par semaine, que ce soit à pied, à vélo ou à cheval ; un repas dominical au ministère ou au café de la mairie à Neuville-sous-Bois ; les anniversaires fêtés quoi qu'il arrive, en petit comité pour Juliette qui préfère la discrétion, en version surboum sous les lambris pour Jérôme, au zoo, avec ses copains de classe, pour Victoire ; au moins trois déjeuners par mois réunissent les amis de toujours et les nouveaux intimes comme les acteurs Vivian Moro, Marie-Anne Bazaine et Christian Favier, les sportifs comme Luis Martinez et Daniel Chapeau, Cédric Volodine et Fabrice Terromoto… « Comment voulez-vous expliquer aux copains que ce sont tous des amis de la famille ! » soupire Jérôme, toujours aussi allergique à la « grande vie » et embarrassé de ne pas mener une existence ordinaire…

Bref, Célia ne laisse rien au hasard. Depuis bientôt vingt ans, elle veille à ne pas permettre que cette famille recomposée parte à vau-l'eau. C'est sans doute une des raisons pour lesquelles elle surveille à la loupe l'agenda de Guillaume. Mme Michaut-Cordier sait trop bien que, sitôt qu'elle aura le dos tourné, les conseillers et attachés de son mari vont demander aux secrétaires d'insérer sans cesse plus de rendez-vous dans un planning déjà surchargé. Tous les lundis matin, que ça plaise ou non, elle participe aux réunions de cabinet dont l'ordre du jour est précisément la fixation et le suivi de l'emploi du temps du ministre. Elle sait aussi que Guillaume est du genre à tout accepter ; d'elle il attend mesure et sévérité.

Ainsi, depuis toutes ces années, et plus encore depuis son entrée au ministère des Armées, Célia est omniprésente. Si nul n'affirme qu'elle tire les ficelles, on lui attribue la mutation de G. M.-C. Celui qu'un adversaire surnommait « le Petit Pois sauteur » pour sa frénésie d'action, semble désormais plus posé. Même s'il ne faut pas s'y tromper : l'énergie qu'il contient à grand renfort de *self-control* pourrait aisément alimenter une douzaine de générateurs...

Cette énergie, il va en avoir grand besoin, car un autre défi se dessine : de « lieutenant général du royaume », comme le surnomme son fils aîné François, Guillaume va devenir « superintendant ». Jean-Marcel Viennois, qui compose son troisième gouvernement, le nomme en effet à la tête d'un superministère englobant l'Économie, les Finances, l'Industrie et l'Artisanat, le Commerce extérieur et l'Aménagement du territoire.

La famille s'apprête à refaire ses paquets et à réemménager dans un lieu qui ne lui a pas laissé que de bons souvenirs : Bercy.

Cette fois, il semble qu'on ait insisté pour accorder à Célia une fonction officielle dans l'organigramme : elle sera conseiller technique en charge des « déplacements du ministre et des relations avec le Val-de-Seine ». Mais toujours pas d'émoluments…

Ainsi plus personne ne remet en cause le fait qu'elle joue un rôle auprès de son mari, mais, pour autant, elle n'a pas droit à une rémunération. Bien entendu, si G. M.-C. avait épousé son assistante ou sa chef de cabinet, les choses auraient été différentes : salariée auprès de lui avant le mariage, il aurait été légitime qu'elle le reste après. Ce qui n'est pas le cas de Célia qui, quoi qu'elle prouve, quoi qu'elle fasse, ne parvient décidément pas à s'imposer comme un conseiller « professionnel » dès lors qu'elle a appris son métier aux côtés de son époux. Bien des femmes pourraient s'en offusquer, mais, curieusement, à l'heure où Mme Michaut-Cordier, qui devient par trop puissante, par trop présente, par trop interventionniste, commence à irriter une bonne fraction du monde politique et des médias, elle provoque aussi, chez certaines de ses compatriotes, un agacement non dissimulé. Ainsi Liliane Kabinski-Retz, épouse de l'ex-Premier ministre Daniel Retz, lui reproche de faire régresser la cause des femmes en jouant le rôle d'« épouse de… » Peut-être Célia aurait-elle dû se faire connaître sous le nom de Varonian-Michaut-Cordier ? Rachilde Alfonso, ex-vice-présidente des Chiennes de garde, affirme pour sa part qu'elle joue le rôle traditionnel « de la femme de l'ombre, de la serveuse de plateaux, de l'organisatrice de plans de table », ajoutant que l'épouse de G. M.-C. n'est conseillère du ministre que pour frayer son propre chemin jusqu'à la politique, car « seule elle n'y serait peut-être pas arrivée ». Mais il y a là un peut-être...

Quoi qu'il en soit, la nouvelle épouse du « superintendant » prend une fois de plus sa smala sous le bras et s'en va redéposer ses cartons dans le paquebot de verre. « Au début, on se plaignait de ces changements incessants, mais on en riait, se souvient Juliette. Cette fois, ça ne nous amusait plus du tout. Victoire et moi étions plus âgées, Jérôme étudiait en Allemagne. On se demandait où et quand ce nomadisme allait s'arrêter ! » Et de réfléchir à son tour à l'endroit où elle se sentirait moins ballottée qu'à Paris. Pour elle, ce sera Boston, mais elle devra attendre deux ans. Du haut de ses dix-sept ans, elle entend encore sa mère la sommer de ranger sa chambre et de passer son bac avant de rêver à s'envoler pour l'autre rive de l'Atlantique...

La vie s'organise à Bercy, moins intense que rue Saint-Dominique où Célia a eu pour la première fois l'occasion et le sentiment de se réaliser elle-même en aidant les autres. Ces deux années au ministère des Armées restent pour elle les plus riches de son existence : « J'y ai côtoyé des drames, des souffrances, les risques liés au métier des armes. J'ai aussi été confrontée à la complexité de l'action humanitaire et des missions de paix. On apprend dans ce ministère sur l'état du monde plus que partout ailleurs. » Elle en est sortie différente, et c'est sans doute là-bas qu'elle a eu plus que jamais le désir d'entrer en politique.

Pour l'heure, elle s'évertue à aimer Bercy. Son premier passage dans ce ministère ne lui a pas laissé un grand souvenir, mais elle est décidée à faire de ce nouveau séjour une expérience positive. Son calendrier familial est toujours le même ; elle y ajoute toutefois des rendez-vous consacrés aux enfants quand Guillaume ne peut être là, comme le mercredi midi ou les dîners, toujours fixés tôt, en général vers 19 heures. Elle continue d'organiser avec les différents responsables les déplacements du ministre, mais elle est moins assidue à ses côtés : son rôle s'arrête souvent lorsqu'il monte dans l'avion. Victoire souffre en effet de l'absence de ses parents et Célia tente tant bien que mal de se couper en deux, évitant de laisser sa petite dernière, seule avec une nounou, confrontée à l'imposante logistique de Bercy. Elle travaille donc beaucoup sur place, multiplie les rendez-vous, sans jamais oublier sa vie personnelle, ses déjeuners entre copines, ses balades, son sport quotidien, ses séances chez l'esthéticienne ou chez le coiffeur. Son organisation est bien rodée, elle ne se laisse jamais dépasser. Son maître mot : la rigueur. En tout et pour tout le monde. Lorsque les enfants se disent fatigués, elle leur répète qu'elle ne veut pas entendre ce mot-là, qu'il y a dans ce pays trop de gens qui s'écoutent. Lorsque son mari prend deux kilos, elle reprend en main son régime alimentaire et lui impose grillades et légumes verts au déjeuner, fromage blanc et fruits le soir. Elle-même, au lendemain d'un repas généreux, avale du bouillon de légumes toute la sainte journée.

Sitôt installée, elle demande à ce que le fonctionnement du ministère soit remanié. Les fonctionnaires sont tout surpris de la découvrir aussi directive et interventionniste. Mais il n'y a pas plus grande sérénité d'esprit que lorsque la machine ne recèle aucun grain de sable dans ses rouages : toute l'expérience de Célia repose sur cette théorie. Elle a le sens de l'organisation dans le sang : un héritage familial. « Sa mère était la femme idéale, accomplie, évoluant dans une maison impeccable, se souvient Hortense, l'une de ses amies de fac. Distinguée, élégante, sentant bon, elle était ponctuelle, amène, dévouée : la perfection faite femme. » Célia n'a d'autre objectif que de se montrer à la hauteur de Gina.

À Bercy, comme auparavant, on l'aime ou on ne l'aime pas, mais on ne reste pas indifférent à cette grande brune toujours extrêmement soignée. Jeune fille, elle étonnait déjà ses camarades par son allure irréprochable. « Je ne l'ai jamais connue que ravissante, confirme Denise de la Roche-Percée, une de ses meilleures copines. Toujours bien habillée, bien coiffée, les cheveux propres, les ongles limés. Il n'y avait jamais rien qui clochait chez elle. » Consciencieuse, réfléchie, mais également réservée, distante, Célia est tout cela à la fois. Ce qui peut exaspérer. À Bercy, d'aucuns grincent des dents devant ce tyran domestique qui se mêle de vouloir gérer le ministère comme sa propre maison. « Elle est comme ça, relève Damien, un proche. Elle ne peut vivre dans le désordre. Pour elle, la vie ne saurait être heureuse que si elle est bien réglée. » En quête d'harmonie, elle pense qu'elle ne peut la trouver que dans l'ordre établi. La constance, la fermeté, l'obstination sont ses recettes pour vivre bien. On ne la fera pas dévier d'un pouce de ses résolutions.

Au ministère, elle informe donc d'emblée le personnel de ses habitudes de vie. Ses prescriptions sont simples, mais à respecter à la lettre. Le matin, sur sa table de petit déjeuner, outre son café, elle exige du fromage blanc à 0 % et des agrumes, si possible des mandarines dont elle raffole. Puisqu'elle mange quatre ou cinq fruits par jour, elle doit avoir sous la main des mangues en hiver et des pêches ou des brugnons en été. Pour le déjeuner – ultra-léger, bien entendu ! –, elle demande au chef de lui cuisiner des légumes. Ce dernier a été informé qu'elle adorait les ratatouilles, les marbrés de poireaux, les poêlées de cèpes et de trompettes de la mort. De temps à autre, il confectionne à l'intention des enfants des bolées de céréales chocolatées et lorsque Célia s'autorise à partager avec eux ce goûter, elle ne se permet en soirée qu'un potage clairet et un mince morceau de fromage cuit. Depuis qu'elle a arrêté de fumer, elle sait ne plus pouvoir s'accorder le moindre écart. C'est la raison pour laquelle, dans les dîners obligés, elle chipote, grignote, repousse sous une opportune feuille de laitue ce qu'elle se refuse à ingérer depuis des années, comme les pâtes ou les pommes de terre… Mais lorsqu'elle s'octroie un vrai repas gastronomique avec entrée et dessert, elle le savoure comme un péché mortel. « Si je suis devenue gourmande, c'est à force de privations », dit-elle joliment.

À l'office, on nage dans le thé vert, car Madame en boit toute la journée. On maugrée lorsqu'elle décide de changer abruptement le menu du soir pour des petits farcis ou une choucroute voiturée depuis chez Lipp.

Pendant ses séances sportives matinales, interdiction formelle de la déranger. Trois quarts d'heure de gym sur des airs de salsa, à moins qu'elle ne choisisse d'aller jogger au Luxembourg. La sécurité est rarement prise de court : Mme Michaut-Cordier rythme ses journées avec la régularité d'un métronome.

Mais les exigences de Célia commencent à déranger. Surtout que, depuis quelque temps, elle semble vouloir se mêler non plus seulement de logistique, mais des décisions prises par son mari. On lui reproche de donner son avis sur tout : sur les collaborateurs de Guillaume, sur l'ordre du jours des réunions, sur les discours à prononcer dans les meetings, et jusque sur les textes de lois que le ministre souhaite faire passer au Parlement… « C'est archifaux, se défend-elle. Je n'ai jamais influé sur la moindre de ses décisions. D'ailleurs, j'ai toujours été d'accord avec lui. Dans ces conditions, pourquoi chercherais-je à peser sur son opinion, puisque c'est aussi la mienne ? »

Elle ne peut pourtant pas nier l'influence qu'elle exerce sur lui. Ses confidences à la presse sur le rôle qu'elle joue auprès de Guillaume ne font qu'attiser la curiosité. Les reportages-photos la montrant presque immanquablement à ses côtés – on remarque son air sérieux, son œil scrutateur, sa présence attentive – ne font que contribuer à la faire passer pour un conseiller très spécial. Depuis qu'elle se pique de vouloir à son tour entrer en politique, l'entourage du ministre se méfie et ne cache pas son désaccord, tentant de démontrer à ce dernier que ce serait une bien fâcheuse idée que de laisser son épouse faire « mumuse » avec une occupation aussi grave que la chose publique, et que ce ne serait d'ailleurs pas sans risques pour sa propre carrière. Mais G. M.-C. n'est pas de cet avis et pousse au contraire Célia à s'épanouir dans un monde dont il lui a donné les clés. Il semble penser qu'ils sont tous deux indestructibles.

Encore une fois, c'est Guillaume qui parle, c'est lui qui pense ; Célia est toujours l'élève de son mari, en admiration devant lui, jouissant du plaisir intact de se laisser modeler.

Mais, au bout de bientôt vingt ans d'enseignement, Mme Michaut-Cordier fait plus que commencer à sortir de sa coquille. Dans moins d'un an, elle va prendre le pouvoir.

Ou plutôt le reprendre : sur sa vie.

12

Femme de pouvoir

« Elle fonctionne avec le cœur, il n'y a que ça qui la dirige », assure Célimène, une de ses amies guadeloupéennes. « Pour avancer, il lui faut une bonne dose d'affectif », confirme Zoé, une autre de ses proches. Célia Michaut-Cordier ne serait donc pas l'opportuniste dont on parle ? La description de cette femme prédatrice, ambitieuse, attirée par la lumière, serait-elle erronée ? Depuis qu'on l'a découverte grâce à un portrait publié au cœur de l'hiver dans un quotidien du matin, le public ne cesse d'en redemander sur l'épouse de ce ministre qui témoigne d'une conception inédite des rôles qu'elle joue auprès de lui : elle n'est pas seulement « femme de », elle prend une part active à sa carrière et à son action politiques. C'est si inédit que cela en devient suspect. Alors on l'accuse de tout, notamment de vouloir accréditer l'idée que G. M.-C. et elle formeraient un « ticket gagnant », expression qu'elle exècre : « C'est aussi méprisant que faux », réfute-t-elle. Mais aussi de désirer tutoyer la notoriété et apprivoiser le pouvoir.

Autant de critiques et de procès d'intentions qui la déstabilisent, la contrarient, la malmènent, mais elle ne lâche pas prise : « On ne peut satisfaire tout le monde », lâche-t-elle, philosophe.

« Pourtant, elle en souffre, même si elle n'en laisse rien paraître », assure sa fille Juliette. Impassible face à l'hostilité, elle ne comprend pas, en fait, pourquoi on se déchaîne contre elle, pourquoi, en somme, on lui en veut d'exister. Alors qu'il faut bien le dire, on lui a aussi souvent reproché l'inverse, par le passé...

Des années à prendre confiance en elle, à vaincre ses doutes, à faire fi de ses complexes d'infériorité, et cette nouvelle femme se rend compte qu'il n'est pas si aisé de s'imposer. Elle s'en ouvre à son mari qui n'a pas de ces états d'âme et l'exhorte à rester sourde aux bassesses des détracteurs qui pullulent dans le milieu politique. Lui a l'habitude de cette violence-là, pas elle. « Je n'ai pas le cuir assez épais », avoue-t-elle.

Elle tente de s'équiper d'œillères pour ne pas vaciller sous les coups. Mais cette indifférence ne la sert pas nécessairement. Car aux dires de certains de ses collaborateurs et de quelques vieilles amitiés contrariées, Célia n'échappe pas au syndrome de la « grosse tête ». Elle est difficilement joignable, même pour ses proches et ses amies de longue date – n'a-t-elle pas rompu les ponts avec ses frères et sœurs sous prétexte qu'ils ne la comprenaient pas ? –, elle se montre distante avec ceux qui aimeraient davantage la connaître, elle se cabre lorsqu'on la fait venir sur un terrain tant soit peu personnel, elle est devenue intransigeante et autoritaire avec son entourage. Si on devait lui trouver des excuses, ce serait que cette petite fille devenue jeune fille puis jeune femme s'est toujours si peu respectée, emmurée dans un silence religieux, entourée d'une cohorte d'hommes étouffants, qu'en découvrant qu'elle pouvait aussi intéresser les médias, le public, elle a tout bonnement redressé la tête jusqu'à se donner des mensurations peu communes.

Le Canard laqué s'en est déjà fait l'écho en publiant un article dans lequel on nous décrivait une Célia aux goûts décoratifs munificents. Jackie Kennedy, c'étaient les tentures ; Célia Michaut-Cordier, ce sont les aquariums. À chacune sa marotte. Que la pisciculture l'intéresse, soit, mais de là à mettre des bacs à poissons rouges dernier cri dans toutes les pièces de l'appartement de fonction… À l'époque, il n'en fallut pas plus pour qu'elle perdît son sang-froid, ce qui ne lui ressemble guère. Et la voici qui dément çà et là ces calomnies, histoire de couper court aux mauvaises intentions qu'on lui prête. Car elle n'ignore pas qu'elle agace. Et pourtant, qu'a-t-elle fait ? Elle en fait trop, justement. Et on ne le lui pardonne pas. Se présenter avec un brin d'insolence en pleine page d'un quotidien d'opposition, accepter d'être l'héroïne d'un second reportage dans *Spécial*, se montrer en famille dans la presse *people*, en quel honneur madame la femme du ministre mériterait-elle tant d'égards ? Quelle légitimité a-t-elle donc à nous opposer ?

« Et pourquoi diable ne serais-je pas digne d'intérêt ? » s'exclame l'épouse de Guillaume qui n'a fait que suivre les préceptes de son pygmalion. Cela fait tant d'années qu'il lui assène à quel point elle mérite d'exister, qu'il lui ordonne amoureusement d'aller de l'avant, qu'il lui confie un rôle actif à ses côtés… Pour une fois qu'elle parvient à sortir de ses appartements privés, on lui conseille gentiment de se tenir tranquille. Et se tenir tranquille, pour une épouse d'homme politique, c'est choisir la couleur de la nappe et donner à la rigueur son avis sur le menu qui sera servi dessus aux invités. Oui, mais voilà : Célia a déjà passé cinq années pleines à jouer les parfaites maîtresses de maison aux côtés de Jean Clérac, et davantage encore auprès de Guillaume ; elle n'est guère disposée à poursuivre ainsi sa carrière de femme au foyer. Poussée à s'épanouir par ses deux maris successifs, elle ne voit pas comment elle pourrait aujourd'hui redevenir « transparente ».

D'accord, elle s'étonne toujours de susciter un intérêt quelconque, mais elle n'est pas prête à abandonner ce qu'elle a obtenu de haute lutte : la foi en elle-même. En outre, ce serait un peu tard : voilà près de vingt ans qu'elle travaille aux côtés de son mari. Qu'on s'aperçoive de sa présence alors que Guillaume entre au gouvernement, ne change rien à l'affaire : elle était, elle est et restera sa collaboratrice. La dame a certes du caractère.

Trop, peut-être. On la dit impérieuse, hautaine, volontiers tranchante. Sa franchise est d'autant plus surprenante qu'elle émane d'une femme en apparence soumise. À l'ambition de son mari, aux décisions de son équipe, au bon vouloir de l'entourage. C'est que, depuis toute petite, elle a appris à dissimuler. Sa mère lui a toujours enseigné à ne pas exhiber ses sentiments. Lisse et imperméable. Elle est ce qu'on attend d'elle, mais mieux vaut se méfier des apparences : elle sait mordre si on la provoque.

Et, de fait, on la craint. La garde rapprochée de G. M.-C. s'en défie. Qui sait ce qu'elle peut bien lui confier lorsque les portes se referment sur leur intimité ? Ainsi apparaît-elle comme une sorte de Mata-Hari doublée d'une emmerdeuse. Ce sera surtout sensible parmi les cadres du Parti populaire. Elle a beau le nier, ces messieurs ne lui font guère de cadeaux. Bienvenue, Mme Michaut-Cordier ! Vous ne serez pas éternellement femme de ministre, et avant que vous ne deveniez femme de Président, nous allons vous réapprendre à parler chiffons.

Mais Célia a déjà été façonnée, modelée, elle ne sera pas dressée ! « Je trouve qu'on m'a beaucoup critiquée, moi en particulier, relève-t-elle. Les autres épouses d'hommes politiques s'y sont mises, elles aussi, peut-être parce qu'elles n'arrivaient pas à exister. Elles ne comprenaient pas ce que je faisais, alors qu'elles avaient elles aussi toute latitude de le faire. Aujourd'hui, soit on est émancipée en ayant son travail de son côté, soit on reste à la maison ; mais travailler avec son mari, ça ne se fait pas ! » Sauf dans les commerces de boulangerie, de charcuterie ou de librairie où les femmes tiennent la caisse. Mais, en politique, même les cordons de la bourse sont tenus par les hommes…

Sa force est d'avoir su se rendre incontournable. Nul ne peut approcher son mari sans qu'elle le sache. Parfois même, elle est le passage obligé pour un rendez-vous avec lui. Certains diront qu'elle permet de débloquer des situations ; d'autres affirmeront qu'elle fait de l'obstruction. C'est selon. Cela ne dérange pas Guillaume, bien au contraire. Célia fait office d'assistante zélée, disponible vingt-quatre sur vingt-quatre. De surcroît, elle ne touche pas un centime sur ce qu'elle considère comme du bénévolat de bien public. Mais, sur le chemin du pouvoir, elle qui n'osait prononcer un mot devant une assistance lorsqu'elle avait vingt ans, est sans cesse sollicitée pour donner son avis, parler d'elle, soutenir et parrainer. La quarantaine pimpante, elle se sent enfin coïncider avec elle-même. « Lorsque son mari a été nommé ministre, elle a découvert un nouvel univers dans lequel les gens lui ont fait l'effet d'avoir besoin d'elle. Elle s'est enfin dit qu'elle servait à quelque chose », analyse Yves Labretonnière, un ancien collaborateur. « C'est vrai, confirme-t-elle, je me suis aperçue que j'avais un rôle à jouer. Je ne l'ai pas fait par calcul, mais, parce que j'avais beaucoup de chance d'être là où j'étais, autant servir à quelque chose ! Le contraire m'aurait paru honteux. Ne pas aider les autres alors que j'en avais la possibilité, là, on aurait pu me le reprocher ! »

Des associations d'orphelins de la gendarmerie, de soldats du feu, victimes des incendies de forêts, de femmes battues, d'enfants de harkis, de veuves de médaillés militaires la sollicitent. Mais elle sait aussi trouver une place en crèche à la demande d'une mère dans une situation difficile, décrocher des bourses pour des enfants de troupe méritants, faire aboutir des dossiers de pension qui semblent au point mort. Célia a de la ressource, de la détermination, de l'influence. Elle pèse désormais sur le cours des choses. Ainsi n'a-t-elle pas seulement la possibilité d'agir sur sa propre existence, elle intervient aussi dans celle des autres. Ce pouvoir-là est grisant, et elle en redemande. « Elle s'est très vite prise au jeu, explique Janvier Lesourd, un des membres de l'équipe de G. M.-C. Ça lui faisait du bien de se sentir investie de missions particulières pendant que son mari, lui, allait régler des affaires concernant le pays tout entier. » Autrement dit, même si les problèmes auxquels elle apporte des solutions sont le plus souvent des gouttes d'eau dans un océan de détresse, elle n'est pas peu fière de son rôle. Ces deux ans au ministère des Armées lui ont apporté plus que la décennie précédente et elle ne porte plus le même regard sur la vie, sur *sa* vie. Elle a le sentiment d'avoir grandi. Tendre une main secourable est une faculté qu'elle n'aura pas toujours, elle le sait. Elle sait même trop bien, désormais, combien il est difficile, en politique, de demeurer sur les sommets.

Une fois qu'elle prend une décision, elle s'y tient. Lorsqu'elle a eu conscience de l'aide qu'elle pouvait apporter, elle n'a pas attendu, elle a foncé. Puis elle s'est rendu compte qu'on la sollicitait sans cesse davantage. En fait, c'est ce qu'elle recherchait depuis tant d'années : se rendre utile.

Toutefois, ceux qui n'apprécient pas sa présence au ministère ne voient là qu'un écran de fumée destiné à mieux cacher ses prétentions. On la dit intéressée à jouer elle aussi un rôle en politique. Il est vrai qu'elle n'a jamais été très explicite à ce sujet. Elle en parle sans vraiment en parler, elle balaie les interrogations d'un revers de la main, elle esquive. Si elle assure qu'il n'en est rien, c'est toujours sur un ton qui laisse augurer du contraire. Officiellement, briguer un mandat ne la tente pas ; officieusement, l'entourage du mari prétend l'inverse. Les moins favorables à l'omniprésence de Célia auprès de Guillaume ne se privent pas, l'air de rien, de faire savoir quelles sont ses véritables ambitions, histoire d'étayer un peu plus sa réputation d'arriviste. Comme toujours, elle encaisse. Depuis qu'elle vit aux côtés de G. M.-C., elle a appris à éviter les peaux de bananes. Mais elles se comptent aujourd'hui par régimes entiers…

D'elle on dit tout et son contraire. On la présente comme décidée à tout pour se faire connaître, mais on la dépeint aussi comme glaciale et secrète, donnant l'impression d'avoir des choses inavouables à dissimuler. « Je n'ai jamais rien fait pour me mettre en lumière, plaide-t-elle. Mais, avec Guillaume, on a fait le choix de ne pas se cacher. » Nul n'ajoute foi à ce genre de déclaration, et c'est bien là le drame de Mme Michaut-Cordier. Perçue comme une femme de l'ombre qui se démène pour s'en sortir, elle ne parvient pas à faire passer un message idyllique qui se résumerait comme suit : « Je n'ai rien demandé, mon travail auprès de Guillaume est la seule façon que nous ayons trouvé de vivre main dans la main, de jour comme de nuit. »

Mais qui donc s'oppose encore à G. M.-C. sur ce chapitre-là ? « Personne ne leur a jamais reproché leur complémentarité, se récrie un membre de son cabinet. De toute façon, dès le départ, la présence de sa femme était non négociable. » Chacun en a donc pris son parti. Jusqu'à ce qu'il faille compter avec. Car le premier portrait d'elle paru dans la presse a provoqué un raz de marée journalistique surprenant. L'entourage de Guillaume, à commencer par son responsable de la communication, a alors découvert l'incroyable potentiel médiatique de Célia. Elle en est devenue d'autant plus puissante et a pris un sérieux avantage sur ses détracteurs au sein même du clan. Y compris sur les mieux placés. Désormais, elle va pouvoir s'exprimer ouvertement et être entendue, ce qui, ces derniers temps, était encore inespéré. Et, de ce fait, la voici moins vulnérable, plus audacieuse et encore plus déterminée. À réussir.

13

« Médiatisation : je t'aime, moi non plus »

C'est assurément parce que les médias lui ont fait les yeux doux que Célia a changé. Si elle est devenue une femme de pouvoir, c'est parce qu'on lui en a fourni les moyens. À longueur d'articles, que ce soit en bien ou en mal, chacun de répéter à quel point l'épouse du ministre est devenue incontournable. L'associant au succès de son mari, la malmenant parfois à cause d'une présence jugée envahissante et tyrannique, les médias ont suscité chez elle un élan d'opportunisme. Pourtant, jamais elle n'avait eu l'intention de faire parler d'elle d'aussi bruyante façon. Son mari non plus.

« Il y a des choses que je m'interdis absolument de mettre sur la place publique. Ma vie privée, bien sûr. Ce n'est pas moi qu'on verra me confesser à la télévision, avec photos d'épouse et d'enfants, raconter ma *success story*, poser en débraillé, chercher à tout prix à paraître simple, verser dans le jeunisme, la feinte humilité... Je n'aime pas étaler ce qui ne relève pas strictement de mon métier. » Ces propos, qui peuvent surprendre aujourd'hui, sont ceux que tenait Guillaume dans un livre d'entretiens conduits naguère par Arthur Bataille. Comment peut-on renier ainsi une telle profession de foi dix ans après ?

À l'origine, nul n'aurait jamais parié sur Célia. Même pas elle. « Je déteste me voir en photo », répétait-elle à ses amies. Elle avouait sa peur panique de s'exprimer en public. Encore aujourd'hui, libérée de ses doutes, plus apte à se contrôler, elle hésite à prendre la parole dans un dîner dont elle méconnaît les participants. Comment cette phobie a-t-elle pu déboucher chez elle sur une pareille exposition médiatique ?

Avant que la machine ne s'emballe, nos protagonistes n'étaient absolument pas disposés à « se vendre ». L'un n'avait pas intégré le rôle de la presse *people* dans la fabrication d'une image publique, l'autre était bien trop introvertie pour y songer. Le déballage de leur intimité n'est donc pas le fruit d'une stratégie bien huilée, plutôt d'un événement qui a pris de court l'équipe de G. M.-C. alors que ce dernier était en poste rue Saint-Dominique.

Une journaliste de *Paris-Journal*, Marianne Bély, est intriguée par l'épouse de Guillaume. Cette dernière se tient toujours à ses côtés, non comme une femme toute à ses devoirs, mais comme une collaboratrice un rien « groupie ». Décision est prise en comité de rédaction d'esquisser un portrait de cette grande élégante. Célia refuse l'interview, mais la journaliste use d'un stratagème qui va faire immanquablement flancher Mme Michaut-Cordier : elle lui déclare qu'elle écrira ce portrait, avec ou sans elle. Un tel aplomb agace Célia, mais son désir de tout contrôler la pousse à céder. Mieux vaut cela, si elle veut avoir une chance de piloter l'opération. L'article, intitulé « Célia, la roue de secours de G. M.-C. », est doux-amer, mais plutôt positif pour l'hôtesse de la rue Saint-Dominique qui n'apparaît pas comme une potiche, mais comme « l'imprésario politique » de Guillaume, le quotidien sous-titrant ainsi : « La femme du ministre épouse la trajectoire de son "champion". » Le propos est exagéré mais c'est un bel hommage – le premier – rendu à Célia qui, depuis quinze ans, veille sans faillir sur son animal politique. L'image d'elle qui accompagne l'article, debout comme une petite fille punie dans un coin, chemisier sage en soie et jupe plissée, ne l'a sans doute pas réconciliée avec l'art de la photographie. Mais c'est un fait, le personnage ne laisse pas indifférent.

Dès le lendemain, le téléphone commence à sonner dans le bureau de son secrétariat : on s'enquiert de la possibilité de la rencontrer afin qu'elle en dise plus long sur ses fonctions auprès de son mari. L'assaut est si insistant que l'équipe de communication de G. M.-C. s'en étonne, mais ne bronche pas. Jusqu'à la requête d'Amandine Ventrèche, reporter à Canal-France, qui souhaite suivre le couple dans ses occupations pendant trois semaines. Un conciliabule consacré au sujet est ajouté à l'agenda du ministre. Semblable décision ne se prend pas à la légère : il s'agit de présenter officiellement un couple politique, et non plus seulement un homme politique.

« Tout le monde était frileux au départ, se rappelle Célia. Guillaume et son équipe appuyaient à fond sur le frein. Mais il y avait tellement d'interrogations de la part des journalistes et des lecteurs en général sur ma vie quotidienne au ministère, à l'époque, que nous avons décidé de ne pas laisser s'installer des idées fausses. En acceptant ce reportage d'Amandine Ventrèche, supposé répondre à toutes les questions, nous souhaitions faire le pari de la transparence. » Et, tant qu'à faire, autant ne rien cacher du tout. Il y aura le couple, mais aussi la petite dernière. Et de trouver une idée de génie qui, plus tard, fera une double page dans *Paris-Choc* : jouer sur l'image forte de J.F. Kennedy dans le bureau ovale de la Maison-Blanche, son fils en bas âge batifolant à ses pieds. Voilà donc la petite Victoire traversant en trombe le bureau de son père pour aller l'embrasser, et tant pis si papa est au téléphone avec un grand de ce monde !

Jamais homme politique ne s'est autant dévoilé sur le petit écran, affichant avec la plus grande sérénité sa vie privée, enlaçant sa femme, plaisantant avec sa fille, sans que tous ces gestes de mari et bon père de famille nuisent pour autant à son professionnalisme. Images inédites mais traitement complaisant, si l'on en croit la presse qui, dès le lendemain, critique ce reportage dans lequel elle voit davantage de promotion que d'information.

Quand bien même, cela ne fait qu'attiser les curiosités. Les sollicitations pleuvent. Célia accepte une autre apparition à la télévision, seule sur un plateau face à Candida Bonplan à Télé-Midi, pour évoquer à nouveau son rôle aux côtés de l'époux-ministre. Cette fois, elle a réintégré Bercy et accepte de présenter ses deux aînés, issus de son précédent mariage avec Jean Clérac, Jérôme et Juliette. Entourant la petite Victoire choyée par tous, les Michaut-Cordier offrent ainsi le spectacle d'une famille recomposée pleinement réussie.

La popularité de Guillaume monte en flèche et son *pool* de communication parvient à le convaincre de profiter de l'intérêt passionné des Français pour son couple hors normes. On va dès lors les apercevoir un peu partout. Au jeu des sept familles, on demande le père, la mère, les ex, les fils, les filles, il n'y a que les grands-parents qui ne sont plus de la partie. En vacances à Ré, le couple fait du vélo ; à Dinard, il marche main dans la main sur la plage ; à la garden-party de l'Élysée, il grignote des petits fours en famille ; à L'Alpe d'Huez, il participe à une bataille de boules de neige ; à Marrakech, il passe le week-end de la Pentecôte ; au congrès du Parti populaire, il fait grimper à la tribune une craquante Victoire particulièrement fière de souhaiter bonne chance à son papa ; à de multiples occasions, il fournit les coordonnées d'amis fidèles pouvant parler d'eux ici ou là en toute sympathie...

Mais trop, c'est trop. La même presse qui a montré les Michaut-Cordier en veux-tu en voilà, leur consacrant des couvertures, des interviews, des reportages, se lasse de leur surexposition. « Pourtant, proteste ingénument Célia, je vous assure que nous n'avons pas accepté grand-chose, rapporté au nombre de sollicitations ! » Et le processus s'inverse : de la construction d'une image, on passe à sa destruction. Subrepticement, on commence à s'agacer de l'omniprésence de ces déjà plus jeunes mariés qui mêlent sans vergogne réussite conjugale et couronnement professionnel. Tout leur réussit, et ça dérange. En France, on est des puritains du bonheur. Rien de plus français que le dicton « Pour vivre heureux, vivons cachés ». S'ils avaient suivi cet adage, Guillaume et son épouse n'auraient peut-être pas eu à connaître l'envers de la médaille. Car tout comme ils ont fini par fustiger cette bienheureuse complicité étalée, les médias n'ont pas hésité à se repaître de la crise de leur couple lorsque les rumeurs d'infidélité de madame ont commencé à circuler. Et ce n'est pas un journal *people* qui a sorti l'affaire, mais une chaîne de télévision publique, puis de respectables quotidiens d'information, les hebdomadaires les plus lus, enfin tous les organes de presse, y compris en Belgique et en Suisse où l'on pouvait trouver exposés des détails croustillants sur les infortunes de la *dream-team* de la politique française. « Quand on se livre à ce jeu-là, on risque gros. Les journalistes aiment bien reprendre ce qu'ils ont l'impression de vous avoir offert un peu trop gentiment », déclarait jadis Guillaume dans ses entretiens avec Arthur Bataille. Il aurait mérité de s'écouter davantage. Ou de rester fidèle à ses convictions.

Du côté de l'Élysée, on s'amuse de ces rebondissements qui font d'un couple politique vedette un couple désespérément ordinaire. Et Dorothée, la première dame de France, qui a vu d'un œil peu amène le rôle grandissant de Célia, s'est sans doute rappelée cette petite phrase qui lui avait échappé un jour qu'une fois de plus, la femme de G. M.-C. réglait trop bien son pas sur celui de son mari : « Vous verrez, on va finir par nous regretter... »

Ce n'est pas tant l'attitude de l'épouse du ministre puis du Premier secrétaire du Parti populaire qui agace la conseillère générale des Deux-Sèvres, que cette manie qu'ont les journalistes de décrire Célia comme une femme moderne, hyperactive, brillante et audacieuse. Et surtout, crime de lèse-majesté, le fait que l'un d'eux – ou plutôt l'une d'elles : il s'agissait de Ghislaine Friquet, de *Paris-Matin* – se soit un jour permis de la présenter comme « la deuxième dame de France » !

« Il n'y a de notre part aucun souci de mise en scène, jure Célia dans une interview à un magazine de télévision. Nous sommes comme chacun peut nous voir, conformes à l'image que nous donnons. Rien chez nous n'est calculé, artificiel. » Il n'empêche, pendant que la presse *people* brode sur la vie merveilleusement équilibrée de ce couple on ne peut plus actuel, dans les magazines spécialisés on décortique la stratégie de communication à l'américaine de G. M.-C. On note aussi au passage à quel point elle peut être dangereuse : un grain de sable dans les rouages, et, sauf à rebondir vite, c'en sera terminé de la lune de miel avec les Français. Comme l'a dit pertinemment un jour le journaliste fondateur de *Marianne*, Jean-François Kahn : « Les journalistes lèchent, ensuite ils lâchent, après quoi ils lynchent… »

Le mot est lancé : complémentaires. Pourtant, on a du mal à comprendre comment ces deux-là peuvent être complémentaires lorsque monsieur est ministre et madame joue les « femmes de ». Mais Célia ne voit pas les choses sous cet angle-là. Elle est peut-être « femme de », mais elle pèse de tout son poids sur les épaules de son mari ; elle pourrait même le faire plier, si elle le souhaitait. Si son pouvoir est maîtrisé et judicieusement utilisé, c'est qu'il a pour moteur l'amour. Sans doute, si elle a plu à Jean Clérac puis à Guillaume Michaut-Cordier, est-ce parce qu'elle avait l'art de fondre ses désirs dans les leurs, de se laisser modeler à l'envi. Mais elle a engrangé tant d'informations diverses lorsqu'elle était jeune qu'elle est devenue lucide sur ses propres aspirations, sur ce qu'elle veut et ne veut pas. Elle n'a rien d'une épouse manipulée ; elle est clairvoyante et consentante. « C'est lorsqu'on est encore à la recherche de soi qu'on risque de se faire piétiner », philosophe-t-elle. Elle analyse bien le rapport singulier qu'elle entretient avec un homme charismatique, réfutant l'idée qu'elle ne serait pas assez forte pour le contenir : « Il n'a jamais tenté de prendre le dessus. Au contraire, il s'est toujours évertué à me mettre en avant. Ça en devenait même gênant. » Elle dit cela sans rougir. Elle se souvient trop bien qu'à vingt ans elle rasait les murs. Guillaume, lui, assure, un rien flatté : « Je ne peux rien sans elle. » Elle jure qu'il n'y a aucune mise en scène dans leur comportement public, qu'ils ne sont pas des acteurs de cinéma – qu'ils s'aiment, voilà tout.

Pour elle, l'amour n'est pas un jeu, c'est évident. Elle semble incapable de faire semblant, ça se lirait sur son visage. Elle veut croire que lui aussi est sincère. Elle l'admire tant, elle le regarde avec une telle fierté qu'elle en deviendrait touchante. Jusqu'à se déprécier elle-même : « Il est très, très haut, dit-elle d'une petite voix. Je suis très, très bas. »

On a souvent limité son rôle auprès de son époux à celui d'une épouse à qui incombe le choix de la cravate du jour ou la confection du café matinal. Elle fait certes les deux, mais pour des raisons qui reposent sur une logique imparable : elle tient à ce que la cravate corresponde au rendez-vous ou à la journée qui s'annonce, et Guillaume n'a pas l'âme d'un styliste ; et comme elle aime le bon café, autant en faire profiter tout le monde. En dehors de ça, elle connaît son mari par cœur. Et c'est grâce à cette connaissance intime qu'elle peut l'aider à se réaliser. Pour ce qui la concerne, le fait qu'il accepte son soutien avec autant d'enthousiasme est une façon de se réaliser à son tour. C'est le syndrome du « Tu es heureux, je le suis aussi. » Pour autant, elle n'a rien d'une masochiste et attend un juste retour de la part de Guillaume qui se réjouit qu'elle grandisse, se grandisse à ses côtés.

Lorsqu'il l'a connue, elle était sous le joug d'un Jean Clérac qui l'aimait silencieuse, docile, au foyer. « Pour mes femmes, disait le fantaisiste, je suis le meilleur des collèges techniques : initiation à l'opéra, à la géographie, à la gastronomie. J'en fais des élèves parfaites, car je suis un professeur hors pair. » Apparemment, Célia cherchait à changer de filière. Elle était disposée à prendre une autre grande leçon de vie. Mais, cette fois, elle souhaitait prendre une part active à l'aventure. Avec Guillaume, de spectatrice elle est devenue actrice. Et n'en fait pas mystère. Célia Varonian est une fille qui parle *cash*, elle ne tergiverse pas, ment rarement et préfère avouer par honnêteté. Lorsqu'elle ne peut pas vous dire votre fait – sa mère lui a aussi appris la diplomatie et la délicatesse –, elle préfère se taire. Guillaume apprécie sa franchise sans brutalité, le ton direct mais plein de tact qu'elle emploie, y compris dans le désaccord. Elle peut ne pas être de son avis, ou bien vouloir lui prouver qu'il existe d'autres façons de considérer un obstacle, elle le lui fait alors savoir lorsqu'ils sont tous les deux, à huis clos. « Célia ne me critique jamais sur l'instant, sitôt après un meeting ou une émission, confie G. M.-C. Elle attend posément pour me parler que je sois à même de l'entendre et de comprendre ses observations. » Il jure toutefois qu'elle ne le conseille pas sur ses choix politiques, mais plutôt, par exemple, sur les gens qui l'entourent. Célia, vigie du vaisseau-amiral *Michaut-Cordier*...

Là, dans l'intimité, elle parvient aussi à le soulager de ses doutes. Il sait qu'il peut s'appuyer sur elle dans la mesure où leur relation est à l'évidence désintéressée. Le fait d'avoir quelqu'un d'inconditionnel à ses côtés, qui n'attend rien d'autre en retour que de l'amour, peut être rassurant dans un quotidien où abondent violences et coups bas. L'objectif qu'elle s'est fixé est d'épauler son homme, mais aussi de lui insuffler l'énergie nécessaire pour continuer à se battre. Il lui répète souvent que sa présence le fortifie, qu'elle doit toujours être à portée de son regard. Les nuits au Parlement sont rudes et fatigantes, et savoir qu'elle se tient dans les tribunes est pour lui un réconfort, « comme un bout de la maison qui est là ».

Pour autant, peut-on vraiment dire qu'il tient le coup parce qu'elle est à ses côtés ? Disons que c'est ainsi plus facile pour lui et qu'il y a des réserves dans lesquelles il n'a plus besoin d'aller puiser. Certains de ses collaborateurs surnomment Célia sa « béquille ». Elle l'est sans doute devenue, mais c'est bien Guillaume qui lui a donné confiance en elle. Avec lui elle a appris à se faire entendre, à ne pas rougir de ses ambitions. Elle a aussi observé l'animal et lui a emprunté certaines de ses qualités : le goût de l'effort, la ténacité… « Encaisser, souffrir, récupérer, Guillaume Michaut-Cordier sait faire. Il est vraiment dur au mal », commente l'animateur de télévision Marcel Cooker, devenu depuis peu proche du ministre.

Aussi Célia fonctionne-t-elle à l'instinct. Elle est sous contrôle, certes, mais avance en laissant parfois le destin décider à sa place, tant elle est persuadée que la vie est comme un puzzle qui s'assemble de lui-même à la croisée des chemins. Elle apprivoise l'instant mais n'envisage pas le futur. Le socle de son existence est le bonheur, le bien-être, la satisfaction au quotidien. Toutefois, depuis qu'elle a des enfants, elle est moins inconséquente. Elle a peur de disparaître, de laisser des orphelins, elle panique à l'idée qu'ils soient malheureux. Elle s'en voudrait qu'ils ne parviennent pas à se faire à leur tour une place en ce monde. Depuis que Gina est partie, Célia gravit à nouveau les marches des églises, marche dans la nef, s'agenouille sur un prie-Dieu, adjure le Très-Haut. Dans ces moments d'angoisse, Guillaume lui délivre des paroles réconfortantes. Elle le regarde sans comprendre, lui, solide comme un roc. Il lui répète : « Mais pourquoi t'inquiètes-tu tout le temps ? » Elle lui répond : « Comment fais-tu, toi, pour ne pas t'inquiéter ? »

Vouloir, pouvoir... Le dicton lui revient en mémoire. Tout est question de volonté. Pourtant, elle a ses coups de blues qui lui viennent lorsqu'elle ne se sent plus en accord avec elle-même. Elle redoute de ne plus pouvoir s'en débarrasser tout à fait. De ressentir au fond de soi un vague à l'âme diffus mais permanent. Une sorte de brouillard qui enveloppe son esprit clair et l'emprisonne jusqu'à le faire s'assombrir. Célia refuse de devenir une nauséeuse de la vie. Elle entend bousculer et vaincre ses idées noires, avoir leur peau.

Mais le jour où la volonté ne suffit plus, où le malaise s'insinue si loin qu'elle ne peut plus s'y soustraire, alors elle fait place nette et se donne carte blanche.

Elle change de vie.

15

L'épreuve du Parti

Décidément, elle ne parvient pas à se faire à la rue de Grenelle où l'a conduite un nouveau remaniement ministériel. Outre le fait qu'elle apprécie peu l'endroit, ses responsabilités ne sont pas aussi grandes que celles qu'elle exerçait rue Saint-Dominique. Après avoir eu la possibilité de faire avancer les choses, d'aider les autres, son travail au ministère de l'Éducation lui semble bien futile. La société civile, les recteurs, les « barbus » des lycées et collèges, tout cela n'a rien à voir avec les sujets hautement sensibles dont elle avait à connaître naguère à la Défense. Par ailleurs, on lui fait sentir, plus encore qu'auparavant, que sa place n'est pas là. Soulager des victimes, soutenir des veuves et des orphelins, favoriser des redressements, elle montrait sans doute pour ce faire – fibre féminine oblige – quelque talent. Mais discuter d'indices salariaux, de réformes pédagogiques, de statut des intérimaires, rencontrer de grands universitaires et des syndicalistes rouges, ou rose foncé, c'est tout autre chose. L'épouse du ministre ne se plaint pas, mais regrette l'hypocrisie des équipes de G. M.-C. qui font mine de la tenir au courant, de vouloir la faire entrer dans leur cercle, mais qui font en sorte qu'elle s'occupe davantage de sa progéniture et de ses bonnes œuvres, puisqu'elle a gardé le contact avec la plupart des associations dans lesquelles elle s'était investie deux ans auparavant. On ne lui dit rien en face. Mme Michaut-Cordier est crainte jusque dans les cuisines. Son autorité naturelle, son allure volontaire, son regard « qui vous transperce », comme dit un haut fonctionnaire de Grenelle, incitent les gens à en faire trop pour la satisfaire au mieux. Mais ils n'en pensent pas moins.

Cette année-là est une année charnière pour Guillaume Michaut-Cordier qui engage une nouvelle bataille. Il brigue à nouveau la direction du Parti populaire, plate-forme essentielle en vue des prochaines présidentielles. Célia se fait une raison : Guillaume doit en passer par là s'il veut accéder au poste suprême. Mais Charles-bis qui s'oppose au cumul des mandats, a déjà précisé à G. M.-C. qu'il devrait quitter Grenelle s'il était élu – ce qui ne fait guère de doute. Non que Célia refuse de lâcher le ministère de l'Éducation, mais elle est sceptique sur le bien-fondé de la démarche. Elle est encline à penser qu'il faut rester proche des gens si on veut leur paraître indispensable. Or la conquête du Parti est davantage une partie de bras de fer avec des apparatchiks qu'une action en faveur des Français. Toutefois, son mari ne la suit pas sur ce terrain. Le chemin le plus court et le plus logique pour occuper le fauteuil élyséen consiste à ses yeux à prendre le contrôle du Parti. Une fois de plus, elle se range à ses arguments, elle lui fait confiance et n'a de toute façon aucune possibilité de le faire changer d'avis : il est farouchement sûr de lui.

Si sûr de lui qu'à la garden-party de l'Élysée, le 14 Juillet suivant, il ne fait qu'une brève apparition, main dans la main avec Célia et sa fille Victoire, murmurant à sa femme un « *Let's go !* » qui laisse pantois l'un des invités de cette même journée qui va se révéler cauchemardesque pour lui. Lors de son interview télévisée traditionnelle, le Président le cloue en effet au pilori en s'exclamant devant des journalistes qui boivent du petit lait : « Il y a un chef de l'État et il y a des serviteurs de l'État. » Depuis quelque temps, il est vrai, le ministre de l'Éducation chatouille Charles-bis là où il ne faudrait pas, s'opposant à lui par presse interposée ou discutant chacune de ses dispositions. Le voici remis sévèrement à sa place. Lorsqu'il l'apprend, G. M.-C. manque d'avaler de travers son orange pressée.

Célia, une fois de plus, lui conseille de prendre sur lui et d'éviter toute déclaration déplacée. Elle lui répète qu'il doit se défier de son impulsivité. Populaire, écouté, bien placé dans les sondages, il doit éviter de se fourvoyer dans des luttes intestines qui lui ont déjà valu plusieurs revers. À ce moment, elle ne pense pas qu'à lui, mais à eux deux. Car les mauvais coups du sort, elle en a soupé ! Et que Guillaume redevienne le petit canard de la majorité, cette perspective-là est au-dessus de ses forces. Et puis, plus que jamais il mérite d'être reconnu. Elle lui trouve un potentiel exceptionnel et surtout un sens politique incomparable, doublé d'une grande volonté. Les gens intelligents, on en trouve ; les gens intelligents et travailleurs sont bien moins nombreux. Guillaume est inégalable sur le fond et sur la forme, estime-t-elle, et comme il travaille énormément ses dossiers, qu'il les connaît à la perfection, il est à ses yeux le meilleur de sa génération.

À son contact elle apprend en permanence. D'aucuns épiloguent de plus en plus sur ses ambitions politiques à elle. Dans *France-Matin*, elle prétendait : « Je suis devenue une femme politique. À force de filtrer les rayons du soleil, ils finissent par paraître émaner de vous. » Dans *Madame Hebdo*, répondant à une question sur son éventuelle participation aux régionales, et en quoi cela pourrait modifier son quotidien, elle déclare : « Ça ne changerait en rien le rôle que je joue auprès de mon mari et vis-à-vis des miens. Ça viendrait par surcroît. Si je me présente, je ferai bien sûr campagne, et si je suis élue, je m'investirai dans cette nouvelle activité. Ce n'est pas mon genre de rechercher un titre pour le faire figurer sur une carte de visite. » Elle insiste derechef dans *La Vie des femmes* : « Des responsabilités politiques ? Pourquoi pas ? Je suis très attachée à Neuville-sous-Bois. Je reçois beaucoup de lettres de gens qui souhaiteraient que je m'occupe de la ville. J'en ai certes envie. L'avenir le dira. Pourquoi pas ? » Elle poursuit son raisonnement dans une interview accordée à l'hebdomadaire *On en parle* : « Si un jour je m'implique dans un mandat quel qu'il soit, je le ferai à plein temps. Ça finira peut-être un jour comme ça. Mais, pour le moment, ma trajectoire ne passe pas par là. » Dans les sondages, elle arrive déjà en tête parmi les femmes que les Françaises aimeraient voir jouer un rôle dans la politique de notre pays.

Tout au long de cette année-là, elle y pense mais ne se décide pas. Son mari la pousse pourtant à s'engager. Ses collaborateurs lui déconseillent néanmoins de laisser Madame aux prises avec ce monde cruel. Ils redoutent surtout un faux pas qui risquerait de nuire à sa carrière à lui. « Célia est une pièce importante dans notre dispositif, concède un "cordiériste" de la première heure. Mais nous devons parier sur un couple à la Kennedy, pas à la Clinton ! Nous ne savons pas si elle aurait les épaules… Trop dangereux. »

Mais c'est l'heure des vacances en famille. Le meilleur moment de l'année pour Célia qui redevient mère à plein temps. Elles ont lieu à Dinard où ils ont coutume de louer une vaste villa sur le chemin des douaniers. Hélas, elles se révèlent davantage studieuses que ludiques. Nous sommes fin août, et G. M.-C. décide de participer à une réunion de proviseurs de la région Bretagne avant la rentrée des classes ; il joue au chat et à la souris avec les journalistes qui lui demandent confirmation de sa candidature à la tête du Parti populaire.

C'est le dernier jour du mois qu'il se décide à le faire. Il a sa victoire en tête et Célia réfléchit d'ores et déjà à la façon dont ils pourraient fêter ça.

Lorsque, en décembre, Guillaume est effectivement élu nouveau chef du Parti, tout est fin prêt pour célébrer son succès avec faste. Plébiscité par les militants, il aurait bien tort de se gêner. Ce raz de marée vaut bien une joyeuse fiesta. Pourtant les cinquante mille sympathisants du parti majoritaire ne s'attendaient pas à pareil gigantisme sur le Champ-de-Mars où se tenait le show le plus extravagant jamais donné en France par et pour un homme politique. La veille, les Baskets Blanches avaient animé la soirée des Jeunes blacks et beurs, et les chanteuses Constance et Myriam avaient interprété une *Marseillaise* rap en clôture. Ce dimanche-là, on se bouscule pour apercevoir la star. Célia et l'équipe chargée de l'organisation n'ont rien laissé au hasard pour ce spectacle à l'américaine où les paillettes le disputent aux effets spéciaux. Montant de cette petite folie : dans les dix millions d'euros.

« Le sacre de Guillaume Ier », titre *La Semaine* au-dessus d'une photo plein cadre montrant Mme Michaut-Cordier, caméra numérique au poing, filmant telle une groupie son époux en gloire. L'objectif de G. M.-C. : inaugurer un style de communication inédit. On assiste ici en effet en ce domaine aux prémices d'une ère nouvelle qui, aux États-Unis, fait déjà partie de la tradition politique, mais qui, de ce côté-ci de l'Atlantique, n'en est qu'à ses débuts. Si certains attendaient humilité, modestie et proximité du nouveau patron du Parti populaire, ils en sont pour leur grade. C'est à un Michaut-show dans les règles de l'art qu'assiste toute sa famille politique réunie... Et ce n'est pas pour déplaire à Célia, amusée de lire la stupeur dans les regards avant de constater l'euphorie qui transporte les militants. Le spectacle, la musique, les écrans géants, les artistes, les effets d'annonce, voilà tout ce qu'elle aime. Célia est en cet instant une midinette quadragénaire. Sous les applaudissements nourris qui célèbrent son mari, elle verse une larme, envoie des baisers vers le podium, décoche un clin d'œil aux amis, enlace les fidèles... C'est sa victoire à elle, sa réussite. Guillaume jubile, Célia se pâme. À cet instant, elle n'imagine pas une seconde que dans quelques mois, c'en sera fini du conte de fées.

Le lendemain de sa fête des Fédérations au Champ-de-Mars, le ministre de l'Éducation migre vers le nouveau siège du Parti populaire, lui aussi rue de Grenelle. En renonçant à son maroquin, il espère avoir les coudées franches dans la course des présidentielles. « Je mettrai la même ardeur et la même passion à me consacrer au Parti comme à toutes les tâches à venir qui peuvent m'incomber », confie alors Célia. Dans un bureau avec vue sur les toits de Paris, tout en haut d'un escalier en colimaçon, elle installe sa table de travail, ses objets personnels, dont ce pêle-mêle réalisé par ses enfants, où l'on peut lire : « On est si peu – dans ce monde si vieux – maman est tout – pour nous. » Elle vient d'être nommée chef de cabinet par son époux qui lui octroie un bataillon de secrétaires.

Parallèlement, à Grenelle, elle refait ses cartons. Direction l'appartement de Neuville-sous-Bois, réinvesti avec soulagement par la famille. Célia et Guillaume bénéficient d'un répit. L'ami Bernard Campion et son épouse Olga ont invité le couple à venir passer quelques jours dans leur chalet près d'Arèches. La petite Victoire est du voyage. Avec sa mère, elle descend à ski les pistes rouges ; avec son père, elle est ravie de faire des parties de boules de neige, même si c'est devant les photographes. Le trio souffle un peu. Un peu, car G. M.-C. sacrifie tout de même à la politique en invitant le centriste Didier Boileau-Dugave à déjeuner, en s'entretenant longuement au téléphone avec Charles-bis et en préparant son voyage à Washington prévu pour dans dix jours. Ce sera le premier déplacement à l'étranger du nouveau président du Parti majoritaire qui en a déjà prévu un par mois avant d'entamer, dès janvier, le calendrier qu'il s'est imposé, à savoir une immersion mensuelle de deux ou trois jours dans une région française. La logistique, c'est Célia qui s'en occupe. Autant dire qu'elle sera plus que jamais indispensable au nouveau VRP du Parti populaire.

Mais, avant cela, elle parvient à imposer un Noël hors de l'Hexagone, histoire de ne pas être obligés d'aller boire une coupe chez l'un ou l'autre de ces raseurs que doit côtoyer son mari. Sous sa pression, Guillaume accepte de s'envoler en famille pour l'Afrique du Sud.

La rentrée, hélas, sera plus ardue qu'elle ne pensait. Elle va constater deux phénomènes qui vont concourir à la déstabiliser : le Parti est un vrai panier de crabes ; les troupes de la rue de Grenelle sont ingérables. Et, pour la première fois depuis des années, celle qui s'est tant battue pour ne jamais s'effondrer face à la malveillance, au ressentiment ou à l'indifférence, va se sentir chanceler.

Elle est si fatiguée de ces embûches, si déçue de ce milieu-là qu'elle va peu à peu avoir envie de le quitter. Sans même s'en rendre compte, presque subrepticement. Pendant que Guillaume a le dos tourné.

16

Les prémices

« Pensez-vous avoir la capacité d'encaisser ? » demande Ginette Labourdaloue à Célia dans *La Semaine* de décembre. « Je verrai », répond évasivement l'épouse de G. M.-C. Elle a encaissé pendant près de vingt ans, pourquoi n'en aurait-elle plus la force ?

Parce que Guillaume semble moins attentif, plus éparpillé, moins compréhensif aussi. Il n'a plus de temps à consacrer aux doutes persistants de Célia, il est dans la dernière ligne droite de sa propre ascension, il fait partie d'une organisation politique qui mise sur lui et compte sur lui. Grâce à ces militants qui lui font confiance, il va devenir le candidat de la majorité le plus crédible aux prochaines présidentielles. Le stratège, l'assoiffé de pouvoir, dévoré par l'ambition, n'a plus la capacité de comprendre sa femme lorsqu'elle lui confie à quel point elle se sent rejetée, vulnérable. Car c'est devenu de plus en plus rude pour elle. On a commencé par dire qu'elle était arriviste, autoritaire, que son époux la poussait aux fesses, qu'elle n'était même pas capable de penser par elle-même. Et elle s'est dit : « Qu'est-ce que je fais là ? Je ne suis pas comme ça, je ne ressemble pas à cela. » On peut exister auprès de son mari, travailler avec et pour lui sans pour autant gommer sa propre personnalité ni ses aspirations. Elle se l'est toujours dit, elle en reste persuadée. Elle en a plusieurs exemples sous les yeux, dont Dorothée, la femme de Charles-bis, bien sûr, mais aussi la veuve du précédent Président, qui s'occupe encore d'associations et joue un rôle social certain. Elle aimerait pouvoir citer un autre couple, celui de François Danvers et Célimène Lecomte, le remarquable duo socialiste, mais elle n'ose pas, elle sait fort bien que Célimène, qu'elle admire par ailleurs, n'a jamais été dans l'ombre de son mari. Au contraire, elle assume les mêmes fonctions que lui. Plus d'une fois Guillaume lui a fait comprendre qu'elle avait elle aussi la capacité de se réaliser en politique, en commençant par briguer un mandat de maire. Il s'est même dit prêt à l'y aider. Elle a déjà réfléchi à la question lorsque Jean-Daniel Lemarchand et René Fourbi l'ont invitée, un an auparavant, à figurer sur leur liste aux élections régionales. Elle a hésité, se demandant si sa légitimité ne lui serait pas conférée par un mandat électif. Mais pourquoi chercher toujours à prouver ainsi ses compétences et son bon droit ? Elle a finalement pensé que l'on finirait par les lui reconnaître au travers de son travail accompli auprès de Guillaume.

Mais les jours passent et les critiques ne se relâchent pas. Qui plus est, le Parti populaire n'est pas le lieu idéal pour se réaliser lorsqu'on est une « femme de ». Elle a la nette impression qu'elle n'y trouvera pas sa place et qu'effectivement, à moins que son mari ne tape du poing sur la table, elle va végéter dans ce bureau certes agréable, mais à l'écart des décisionnaires, et devoir se satisfaire de faux-semblants.

Car si elle donne toujours l'impression d'être le principal soutien de G. M.-C., en réalité elle brasse de l'air. Le Parti n'a rien d'un paradis, mais tout d'un enfer pour cette femme qui, depuis son expérience de la rue Saint-Dominique, attend autre chose de la vie. « Elle n'aimait pas cet endroit, confirme Jérôme, son aîné. Elle n'y était pas heureuse, même si elle donnait le change. » Présente aux réunions de cabinet, disponible pour les déplacements importants en province et à l'étranger, volontaire pour remplacer son mari au pied levé à une manifestation, mais moins combattive, un rien blasée, moins mordante, souvent excédée. Elle ne comprend pas ces hommes de pouvoir qui aimeraient la dominer et elle commence à mesurer à quel point leur univers est éloigné du sien. Du Parti elle dit à Jacinthe, une amie : « C'est un essaim d'égos hypertrophiés. » Sans compter que la bataille des présidentielles est une lutte à mort. Le moindre faux pas et les dés en sont jetés. Célia et Guillaume sont observés en permanence, ils n'ont plus rien qui ressemble à une intimité.

Elle n'a certes pas encore conscience de la lassitude qui la gagne. Elle attend que la motivation refasse en elle surface. Un regain de volonté. Elle bouge, se démultiplie, tente malgré tout de s'imposer. Mais elle se sent comme « saturée », si découragée qu'elle va jusqu'à songer à se réfugier dans un cloître susceptible de l'accueillir. Dans un silence absolu, elle pourrait y dormir tout son saoul, rêver derechef à une vie de mère épanouie, à des chiens courant auprès d'elle dans un grand jardin, à un feu de cheminée crépitant dans une maison bourgeoise où ses enfants joueraient en riant. Dans un coin de sa tête, Gina la sermonne : Allons, Célia, vouloir n'est-ce pas pouvoir ?

Mais rien à faire, elle se sent au bord de la dépression. Elle a besoin d'air. Elle doit partir. Et c'est ce qu'elle fait, en ce mois de frimas. La veille des vacances de Mardi-Gras, elle passe chercher les enfants à l'école pour partir à la montagne, boucle ses valises et dit au revoir à son mari qui ne peut laisser en plan son action politique. « Va, cela te fera du bien », se borne-t-il à dire. Il n'a pas conscience du danger et poursuit : « Je t'attends. Tu sais que nous avons un congrès important dans quelques semaines. Je veux que tu sois là pour vérifier que tout est correctement organisé. »

Une vision de carte postale s'impose à elle : des cimes enneigées, des pistes accueillantes, des restaurants d'altitude aux terrasses panoramiques. Elle répond : « Oui. À la semaine prochaine. » Dans son sac, elle a glissé quelques livres de chevet, un vieux Julien Green, une nouvelle biographie de

Yourcenar, le dernier Goncourt. Pour elle, ces quelques jours revêtent des airs de retraite. Une brève période d'anonymat pendant laquelle, cachée derrière ses lunettes de ski, elle ouvre ses poumons à l'air des sommets, elle écoute parler ses enfants, elle s'imprègne du paysage comme si elle était en manque d'horizons, elle ferme les yeux sur sa vie parisienne. Elle ne pense plus qu'à elle et aux enfants. Et ça la requinque formidablement.

De retour à Paris, elle va mieux ; elle se sent plus sereine, quoiqu'un peu inquiète. Mais elle a repris des forces. De la conviction, surtout. Orgueilleuse, elle ne se laissera pas marcher sur les pieds. Célia Michaut-Cordier est de retour près de son mari ; gare à ceux qui souhaiteraient la mettre sur la touche ! Oh, bien sûr, l'intérêt pour sa fonction n'est plus le même, mais elle se sent prête à en découdre si on la cherche.

Après cette pause salvatrice, elle va tenter de s'y remettre et de s'imposer, comme elle a toujours fait. C'est ainsi qu'elle déboule dans une réunion de conseillers visant à préparer la nouvelle campagne et le prochain grand meeting du patron du Parti. Elle s'assied, écoute, enregistre tout en observant un mutisme qui finit par déranger les participants. Puis elle se lève, sort prendre un thé, serre des mains, croise des regards, sourit aux curieux. Et elle revient, se pose sur une chaise, croise les jambes, relève la tête et déclare : « Votre stratégie ne vaut rien, tout est à recommencer. » Elle dit cela sans animosité ni volonté de nuire. Elle le dit parce qu'elle le pense et que son devoir est de faire ce qu'elle estime être le mieux pour la carrière de son mari. Elle le dit aussi parce qu'elle en a le droit. L'organisation, la communication, c'est sa partie. Voyez-vous, Mme Michaut-Cordier est peut-être une emmerdeuse, mais elle a les compétences qui vont avec. Et lorsque ces mêmes messieurs auront fini de s'entre-regarder, abasourdis, il sera temps de se remettre au travail.

Ce travail-là va se révéler beaucoup plus enrichissant que ce qu'elle imaginait. En fait, ce travail-là va bouleverser sa vie.

Le week-end qui suit cette réunion signe en effet la fin d'une belle histoire d'amour. Et le début d'une autre.

17

Hervé, le troisième

Il est là, mais elle ne le voit pas. Pas encore. Il dirige l'équipe de la télévision canadienne qui tourne un « 56 minutes » sur le futur patron du Parti populaire et les préparatifs de la Convention nationale de ce parti sur le Champ-de-Mars. Célia ne dirige pas encore les opérations, sa mission auprès de son mari reste liée pour l'heure au ministère de l'Éducation. Mais, toujours, elle observe de ses yeux de félin, elle assimile les renseignements, note les dysfonctionnements afin d'en parler plus tard à Guillaume. Comme souvent lorsqu'elle n'est pas sûre d'elle, elle reste silencieuse. Cette organisation d'une manifestation pourtant colossale, elle ne s'en mêle pas directement.

Au fur et à mesure des préparatifs, elle se montre plus présente, mais relativement discrète. Elle est attentive à l'évolution du projet, donne son accord pour que les enfants disent en chœur un petit mot d'encouragement dans un film de congratulations au nouveau secrétaire général, et se réserve comme à l'accoutumée une place au premier rang des festivités.

Elle est alors toute à son époux, à sa prochaine victoire. Elle n'a rien d'autre en tête que ce jour faste qui approche. Dans la salle, donc, elle ne remarque pas spécialement Hervé Dormont, fameux producteur québécois, qui, lui non plus, n'a pas le cœur à flirter, mais à travailler. Célia lui a bien été présentée, mais il n'y a eu alors ni coup de foudre ni électricité dans l'air. Ils n'ont fait en somme que se croiser. Ni l'environnement ni les tâches à accomplir ne permettent guère de pauses affectives. Hervé est par ailleurs peu disposé à engager la conversation avec l'épouse de G. M.-C. Il a en tête l'image que les médias véhiculent à propos de celle-ci : opportuniste, glaciale, avide de popularité. Il l'a suivie des yeux lorsqu'il a vu sa silhouette se profiler à l'horizon. Il a capté son regard perçant lorsqu'elle lui a serré la main. Mais il ne s'en laisse pas conter. Dans son métier, on connaît bien les femmes de pouvoir, on apprend à leur échapper.

La soirée de décembre sur le Champ-de-Mars est une grand-messe dédiée à Guillaume, et son épouse en est émue aux larmes. Aucun signe de changement chez elle. Pas d'appréhensions, pas d'inquiétudes, pas d'interrogations. Elle est là pour lui, avec lui, tout contre lui. Plus que jamais, ils incarnent la *dream team* de la politique française. Pendant les vivats, les applaudissements, les acclamations, elle se sent fière de cet homme qu'elle a assisté, aidé, soutenu depuis bientôt vingt ans.

Les lumières éteintes, la ferveur des militants retombée, elle s'évade pour quelques jours en famille dans les Hautes-Alpes. Elle ne revoit Hervé qu'en de courtes occasions. Car G. M.-C., satisfait de sa soirée qu'il s'est fait projeter, a demandé à Dormont de filmer pour le compte du Parti toutes les manifestations à venir en vue d'un long métrage sur la campagne pré-présidentielle.

Une partie de ce contrat porte sur les rassemblements militants en province, mais aussi sur les grands meetings que Guillaume sera censé présider à Paris. En février, on demande à Hervé d'assurer le reportage consacré à un important meeting de la Fédération de Paris du Parti populaire. Cette fois, Célia peut tout à fait revendiquer le suivi de l'opération, puisqu'elle a été nommée officiellement à la tête du cabinet de son mari. Mais c'est le moment où, exténuée, elle choisit de s'évader une semaine avec les enfants à la montagne. Guillaume aurait certes préféré qu'elle suive attentivement les préparatifs de ce meeting, car il l'a déjà vue maintes fois à l'œuvre, il connaît son savoir-faire, il juge ses idées claires et justes. Surtout, il reste convaincu que Célia fait toujours ce qu'il y a de mieux pour lui. Mais elle se sent lasse et a hâte de partir s'aérer. Elle est donc absente lorsque Hervé Dormont et son équipe sont sollicités pour filmer l'événement.

Tout est quasiment finalisé quand Guillaume, qui est peu impliqué dans la préparation de cette soirée, demande l'avis de Célia, tout juste rentrée des pistes de ski. Elle ne fait ni une, ni deux : elle débarque dans les salons de conférences de l'hôtel Lutétia où ont lieu les réunions préparatoires. En jeans javellisés et polo rouge vif signé Ralph Lauren, elle détonne parmi les cols blancs rameutés pour l'occasion : « Une tornade ! se souvient un participant. Elle est arrivée en trombe, demandant où nous en étions, écoutant attentivement, avant de décréter qu'il fallait tout reprendre à zéro ! »

Dans la petite assemblée, on soupire et se lamente – il ne reste que trois jours avant de lancer l'opération –, mais on est aussi captivé : « Elle nous a paru très atypique. Elle analyse ce qu'on lui dit, mais reste prudente jusqu'à ce qu'elle prenne et formule sa décision. À ce moment-là, toutes ses remarques et suggestions étaient extrêmement pertinentes. » Et de constater que Célia Michaut-Cordier a parfaitement cerné le caractère de son conjoint ; elle connaît ses souhaits et y répond d'instinct.

Dès le lendemain, rendez-vous est pris pour remanier le dispositif. La campagne de communication, la mise en scène, la logistique, l'arrangement scénique, tout est à revoir. Hervé Dormont, responsable des prises de vues consacrées à l'événement, se concerte avec Célia sur les changements intervenus. L'homme est élégant, séduisant, particulièrement brillant dans son domaine.

Le Parti populaire est un gros client qui a passé commande de plusieurs films, tout doit être fait pour le satisfaire. Pendant soixante-douze heures, le tandem ne se quitte plus afin de donner la meilleure image possible d'une manifestation qui doit mettre en scène un G. M.-C. aussi convaincant que possible.

Ces heures au cours desquelles Célia et Hervé vont s'entre-regarder, échanger des propos tantôt constructifs, tantôt futiles, se frôler, se sourire, ces heures-là comptent double, car elles sont déjà empreintes de chaleur et d'espoirs insoupçonnés. Elles sentent aussi le soufre, et tous deux le savent bien. Minute après minute ils se découvrent, se jaugent, s'apprécient et passent du « vous » au « tu » comme on échange soudain des évidences. Et Hervé de percer à jour une autre femme. La réalité, se rend-il compte, c'est que la froideur de Célia n'est qu'apparente, elle lui tient lieu de protection contre les agressions. Or il sait bien, lui, que si on se montre par trop fragile, on a tôt fait de disparaître.

Mais ce qui est en train de se passer n'est pas très raisonnable. Voilà deux quasi quinquagénaires aux allures d'étudiants, deux personnes responsables aux pensées et aux arrière-pensées irresponsables. Il n'y a plus que du sentiment là où il ne devrait y avoir que du professionnalisme.

Dès lors, comment se défaire de ces instants si chargés de sens ? Comment parvenir à oublier cette osmose qui n'a pas lieu d'être, qui n'est pas attendue, encore moins recherchée ? Pour cela, il faudrait avoir des ambitions si fortes que rien ne puisse les altérer ni leur nuire, pas même une rencontre amoureuse. Il faudrait que le but à atteindre soit si important que l'on réussisse à réprimer des émotions qui risquent de se révéler destructrices. Oui, seule l'absolue volonté de poursuivre sur le chemin qu'on s'est tracé peut éviter de se perdre dans les élans du cœur. Mais de quoi rêve donc Célia, si ce n'est d'être en harmonie avec elle-même ? Dès l'instant où son cœur a chaviré pour un autre, elle oublie ses repères, ne sait plus où elle en est.

C'est dans cet état d'esprit qu'elle rejoint son appartement de Neuville-sous-Bois, en proie à des doutes qui ne la lâcheront plus jusqu'à ce qu'elle prenne une décision définitive en plein cœur de l'été.

Hervé, lui, téléphone à un ami à Montréal. Il lui confie quelle femme extraordinaire il a rencontrée et lui confirme à quel point elle est belle, intelligente, d'une grande vivacité d'esprit, avec des jugements sûrs et une force de caractère qui en impose. Il se dit déjà amoureux, mais il n'est pas fou. Si Célia ne lâche pas son mari pour lui, il n'y aura pas de suite. C'est à prendre ou à laisser. « On le dit prêt à tout pour avoir une femme, explique Augustin Drapeau, un autre de ses amis québécois. Mais c'est faux. Il aime la transparence, l'honnêteté, il n'entamera jamais une histoire s'il n'est pas certain qu'elle le mènera loin. » Il est attaché à cette vieille tradition puritaine qui lui fait refuser d'être l'amant de service. Ses proches le décrivent comme un être trop excessif, trop jaloux et possessif pour supporter de jouer les hommes de l'ombre.

Divorcé, père de deux garçons, le producteur vit entre Montréal, Bruxelles, Paris et Tokyo où il exerce une bonne part de son activité. Ce descendant de faux-saulnier vendéen que l'on dit peu carriériste mais flambeur, avec l'aplomb du technicien à qui tout réussit, se définit plutôt comme « un Méridional du Nord, chaleureux dans l'âme ». Du haut de son 1,90 mètre, il apparaît comme un homme serein, attentif aux autres, plutôt sympathique. Pour autant, il ne se laissera jamais manger tout cru. Il semble savoir ce qu'il veut et où il va. Il en a trop vu et « n'a peur de rien », affirme un de ses proches. On veut bien le croire. Et s'il s'est fait une spécialité de couvrir des événements internationaux comme la signature des accords du Gatt à Marrakech en 1994, le sommet du Moyen-Orient et de l'Afrique du Nord à Casablanca, les JMJ du Pape et l'année de la Chine en France, mais aussi le Forum de Davos, il n'en oublie pas moins sa sphère personnelle. C'est exactement ce qu'il tente de faire comprendre à Célia qui appréhende désormais leurs rencontres. Il se dit prêt à partager sur-le-champ sa vie avec elle pourvu qu'elle accepte de s'exiler outre-Atlantique.

C'est beaucoup demander à Mme Michaut-Cordier qui ne peut se résoudre à briser l'existence qu'elle mène depuis près de vingt ans. Elle évoque son mari, sa situation, sa jeune fille. Changer de vie est de l'ordre de l'impossible et si elle refuse vite de revoir Hervé, c'est parce qu'elle ne perçoit pas d'issue à leur relation. « Il ne s'était alors rien passé entre eux deux, assure Denise, une de leurs amies communes. Leur histoire était platonique et il fallait qu'elle le reste tant que Célia n'avait pas pris sa décision. Il n'était pas question qu'elle trompe son mari. » À tous les sens du terme : ne pas le tromper physiquement, ne pas lui cacher la vérité.

Célia a toujours tout dit. C'est l'idée qu'elle se fait de la droiture. Il n'y a qu'ainsi qu'on peut se regarder dans un miroir sans que celui-ci se brise. Elle veut être une femme d'aujourd'hui, mais avec des valeurs d'autrefois. Elle n'aura jamais d'existence parallèle, elle ne saura garder en elle le secret d'une infidélité, elle suivra son cœur, mais sans trahir la raison. Pendant deux mois elle va tenir le coup, ne pas répondre aux clins d'œil du destin, ne pas se laisser emporter par ses désirs. Mais elle ne parvient plus à se concentrer, ne trouve plus d'intérêt à son travail, ne voit plus que le sombre côté des choses, que ce soit dans sa vie professionnelle ou dans son couple. Elle ne vit plus que par habitude. Or elle n'a plus goût à cette existence-là, car elle a entrevu une nouvelle destinée qui lui semble plus riche, plus épanouissante, plus vraie. Doucement, cette constatation la conduit à la rupture. C'est ainsi : elle ne peut plus lutter. Cet amour-là est trop fort, dit-elle à Andrée, une de ses confidentes.

Elle n'a rien révélé de ses tourments à Guillaume qui poursuit sa course en ne regardant ni derrière lui, ni sur les côtés. Mais elle pense : dix-huit ans de vie commune, et autant d'années d'efforts. Elle a été si présente dans la vie de Guillaume qu'elle en est devenue transparente. Cruel constat : ce n'est pas vrai tout le temps, bien sûr, mais, pour satisfaire Célia qui donne tant à celui qu'elle aime, il faut davantage que des coups de fil et des réunions de travail. Elle sait qu'elle ne pouvait plus lui demander de l'emmener en week-end à l'improviste, de décider d'un dîner en tête à tête, de partir longtemps en vacances. Pas facile de dérober des moments à passer en amoureux. Elle se promettait, une fois l'objectif atteint, de lui présenter « la note » ! Mais ce n'est pas de cette façon-là qu'elle souhaitait le faire payer, ce n'est pas ainsi qu'elle avait imaginé de solder leurs comptes.

Ce 21 juin, elle n'y tient plus. Loin d'Hervé, elle ne sait plus vivre. C'est par un soleil resplendissant qu'à la Saint-Jean le secrétaire général du Parti populaire voit sa vie basculer.

18

La rupture

Ce samedi, le patron du Parti populaire est attendu au journal de Canal-France. Il a déjà été annoncé chez Violette Carat. La grand-messe du week-end est une formidable tribune pour un homme politique ; c'est un événement qui se prépare, car il n'y a pas droit aux fausses notes. Grand communicateur, Guillaume Michaut-Cordier ne craint pas la télévision dès l'instant où il connaît ses dossiers. C'est le cas : il les potasse durant plusieurs jours avant des entretiens aussi délicats. Enfermé dans son bureau, tout à ses nouvelles fonctions, il ne surprend aucun désarroi chez son épouse, ne note chez elle ni mouvements d'humeur ni marques de lassitude. Il la sait fatiguée, mais ne s'inquiète pas outre mesure ; il connaît trop bien les réserves de Célia, sa capacité à récupérer, son opiniâtreté.

Pourtant, s'il avait pris le temps de s'en soucier, il aurait pu sans nul doute deviner la tristesse qui ne la quitte plus depuis des semaines. Elle aime un autre homme et cette évidence l'accable.

Dans le silence de leur appartement, après un week-end passé à tenter d'y voir clair, elle a pris sa décision ; elle est prête à se découvrir.

Elle y a pensé et repensé, elle a pesé les mots, elle a aussi pleuré. Devant Guillaume, elle ne tergiverse pas, elle balance : « Je suis amoureuse de Hervé Dormont. Je m'en vais. »

C'est un peu théâtral, c'est violent. Il la fixe, ne comprend pas, l'interroge du regard. Alors elle poursuit : « Je ne vais pas bien, je ne sais plus si j'ai envie de continuer avec toi, dans ce milieu qui aujourd'hui me dégoûte. Hervé a su m'écouter, lui ; toi, tu ne me vois plus. J'ai parfois l'impression que tu es devenu comme eux, froid et distant, y compris avec ta femme. Tu fais semblant, et je ne le supporte plus. »

Sous le choc, Guillaume flanche, se sent défaillir. Il n'a rien vu venir, il n'a pas saisi l'urgence, il n'a pas su lire en elle.

Devant cette femme qu'il serre dans ses bras depuis si longtemps, il se sent démuni. Là, à Neuville-sous-Bois, dans ce cocon auquel elle a su donner une âme, le temps s'est arrêté. Il cherche à répondre, mais ne trouve pas les mots. Célia l'a pris au dépourvu. Enfin il s'énerve, menace, supplie. Il fait ce que tous les hommes font lorsqu'ils sentent que l'amour s'en va. Il tente le tout pour le tout pour la faire revenir à la raison. Mais Célia a dit ce qu'elle avait sur le cœur. Elle est prête à partir.

En tremblant elle termine sa valise. Guillaume a beau vouloir la convaincre qu'elle fait une folie, que tout cela n'est qu'une passade, qu'elle a encore tant de choses à réaliser auprès de lui, elle n'entend rien. Ce soir elle prend un avion à destination de Tokyo.

Elle n'a rien à cacher. Il l'interroge et elle répond. Elle a découvert un homme attentif, séduisant, incroyablement délicat, disposé à l'aimer pour elle-même et à en assumer les conséquences. Elle a craqué parce que l'amour a dominé chez elle la raison, parce que le discernement a laissé place à l'émotion pure. Elle est désolée, mais en même temps soulagée. La force de quitter Jean Clérac, elle l'avait trouvée en Guillaume. Pour pouvoir quitter Guillaume, elle a eu besoin de Hervé.

Évidemment, c'est encore plus difficile aujourd'hui. Elle est moins catégorique avec Guillaume qu'elle ne l'a été avec Clérac. Elle évoque une pause dans leur longue relation, elle dit qu'elle a besoin de temps pour se remettre en question. Afin de savoir si son coup de cœur pour Hervé est bien réel, elle doit le rejoindre. C'est ce qu'elle fait, laissant son mari assommé, incapable pendant plusieurs jours de revenir à la politique, de s'accrocher même au plus quotidien. S'il sacrifie aux voyages obligatoires, c'est dans un état second, son anxiété tournant à l'irritabilité. Lors d'un de ses déplacements, à un photographe qui tombe devant lui, bousculé par la meute des autres journalistes, il siffle à l'oreille : « Bien fait ! », comme un gamin en mal de vengeance, serrant les poings.

Il ne peut décemment participer à ce journal de 20 heures qui lui nuirait plus qu'il ne le servirait. Il appelle l'un de ses bras droits à la rescousse. Ce dernier ne l'a jamais vu aussi atteint et comprend qu'il faudra davantage qu'un discours rassurant pour le sortir de cette impasse. Tous ses rendez-vous du week-end sont annulés. Guillaume s'effondre, Célia s'envole. L'un cherche comment retenir l'autre, l'autre comment quitter l'un. Aussi pugnace en politique qu'en amour, Guillaume ne va pas lâcher prise. Il souffre de la savoir au Japon près d'un autre homme, mais il attend son heure.

Dans les coulisses du Forum contre l'effet de serre que Hervé est allé filmer à Tokyo, puis dans celles d'une manifestation réunissant des prix Nobel à Séoul, Célia tente d'oublier Paris et se laisser bercer par les mots de l'homme qui l'a fait chavirer. Mais ils restent prudents. Aucun geste, aucune parole ne peut laisser croire à ceux qui les entourent qu'ils se plaisent. Pourtant, les journalistes habitués à voir toujours Célia auprès de G. M.-C. s'étonnent de sa présence en solo dans une rencontre internationale où rien ne l'appelle. Ils vont dès lors épier ce couple étrange et deviner l'improbable. Rien, dans l'attitude de Hervé et de Célia, ne laisse encore augurer d'une liaison, mais il règne autour d'eux ce magnétisme si commun à ceux qui s'aiment. Ils semblent épris et cela fait le tour des rédactions. La nouvelle se répand comme une traînée de poudre ; on évoque d'abord le nom d'un confrère et ami, Félix Fontaine, avant de se reprendre et d'annoncer qu'il s'agit en fait de son collègue Hervé Dormont, mais que c'est bien Fontaine qui lui a présenté Mme Michaut-Cordier. Affolé par la rumeur, Fontaine se rue sur son téléphone, convaincu qu'il va entendre Hervé rire de cette bonne blague ! Il n'est pas prêt à accueillir la vérité et il reste soufflé par ce que lui répond son ami : il est désolé que la presse le sache déjà, mais il est en effet amoureux. Proche de G. M.-C., Félix se fâche et évoque une bévue là où Hervé lui parle de sentiments. « Dans cette affaire, Fontaine était en train de perdre beaucoup, relève un observateur : un copain de longue date, Hervé ; une amie, Célia ; un appui capital, Guillaume. Normal qu'il n'ait pas chanté la sérénade aux tourtereaux ! »

Dès lors, les médias ont déjà parié sur la rupture entre les Michaut-Cordier. Dans *Paris-Matin*, un proche de Célia, Ferdinand, s'exprime sur la crise que traverse le couple – une intrusion dans son intimité que l'intéressée ne lui pardonnera pas. Il confie : « Guillaume est sincèrement amoureux d'elle. Pour lui, c'est un choc. Je ne parviens pas à comprendre comment ils en sont arrivés là. D'un côté il y a un homme abattu, et de l'autre une femme qui ne sait plus où elle en est. » Ce qui n'est pas faux.

De retour à Paris, Célia a décidé de laisser une chance à Guillaume, toujours décidé à la reconquérir. Car si elle sait tourner la page, elle ne veut plus le faire sur un claquement de doigts. À son âge, on ne doit pas être inconséquente. Elle pense surtout à Victoire, sa fille, et se demande si elle ne doit pas revenir par devoir.

De son côté, Guillaume décide de rompre le silence qu'il s'est imposé et confirme, livide, la crise que traverse leur couple lors d'un journal de TV-Paris. Il reconnaît que comme des millions d'autres, son foyer a connu des difficultés, mais il ajoute que Célia et lui sont en train de les surmonter. Comme un appel à son épouse qui le regarde depuis leur domicile, il ajoute qu'il lui doit beaucoup et qu'elle compte énormément pour lui.

Par deux fois, Célia va tenter de « recoller les morceaux » avec son mari. « Mais, dit-elle, quand on casse un vase, on a beau le recoller, il reste toujours les fêlures. »

À la veille du référendum sur la Constitution européenne, elle accepte de l'accompagner à Rome, dans la patrie de Gina, où le couple est invité à la table du président du Conseil italien. Cela fait longtemps que ce déplacement était prévu, elle s'était fait une joie de renouer à cette occasion avec ses racines maternelles, mais elle a bien du mal à apprécier ce séjour. Le lendemain, Guillaume et elle se baladent dans la cité des césars et assistent en simples pèlerins à une bénédiction pontificale sur la place Saint-Pierre. Elle porte un ensemble de lin blanc, il a laissé tomber la cravate. Ils semblent proches, mais, en réalité, ils continuent de s'éloigner. Célia le sait, qui ne parvient plus à se laisser aller avec lui. En privé, elle reste silencieuse alors qu'il tente de la faire parler. Mais elle connaît trop bien son bagout, son sens de la communication, son habileté à débattre et à retourner les situations à son avantage. Elle ne veut pas entrer dans ce jeu-là et n'a rien de neuf à lui dire. Ces quelques jours ne répondent pas à ses attentes et son mari a beau se démener pour qu'elle croie de nouveau en leur couple, elle ressent plus que jamais l'envie de rejoindre Hervé.

Le lendemain sur le coup de midi, ils arrivent en duo à Neuville-sous-Bois, le temps de voter « oui » au projet de Constitution européenne. Aucun photographe n'est là pour les flasher ; tous deux ont décidé d'un commun accord de ne pas s'afficher. Ce n'est pas encore le moment. Ordre a donc été donné de modifier au dernier moment l'horaire prévu pour leur déplacement. Ils ne seront pas allés voter à 15 heures, comme annoncé initialement, mais à l'heure du déjeuner...

Rentrés ensemble dans leur appartement, ils tentent une fois de plus de renouer le dialogue. Guillaume promet qu'il fera tout pour la satisfaire. Il s'en veut de ne pas avoir perçu le danger. Il reconnaît sa faute et que la première urgence, pour lui, est de s'occuper d'elle.

Elle le regarde, sur la défensive. Puis lui reproche d'être comme tous les hommes qui, les années de mariage passant, ne voient plus leur femme. Elle lui lance froidement : « Je n'ai pas plus d'humanité à tes yeux que le fauteuil sur lequel tu es assis ! »

Mais les soubresauts politiques reprennent vite le dessus ; la victoire du « non » français à la Constitution européenne est un coup dur pour le pouvoir qui doit réagir et nommer un nouveau Premier ministre. Ce sera Guillaume Michaut-Cordier qui n'est pas peu fier d'avoir contraint Charles-bis à faire appel à lui. Est-ce un piège destiné à mieux l'user à deux ans du scrutin capital ? Il estime, lui, que son poids politique et médiatique ne peut que s'en trouver accru.

C'est à Célia qu'il confie sa satisfaction au cours d'un déjeuner pris à l'hôtel Lutétia. Ensemble ils vont pouvoir retrouver cet élan formidable qu'ils ont connu lorsqu'ils étaient rue Saint-Dominique. Il lui rappelle à quel point elle était heureuse là-bas et lui assure qu'elle aura sa place comme jamais. Célia reste les yeux baissés, elle ne sait plus si elle a encore envie de ça. Alors Guillaume la bouscule un peu, lui réitère son conseil de se lancer elle aussi en politique, la pousse de plus belle dans l'arène. Il veut qu'elle entende raison, lui prouver que son existence est auprès de lui. Comme toujours. À la presse, G. M.-C. déclare : « Pour moi, Matignon c'est aussi le choix du cœur. »

Mais le fil est rompu, Célia ne le suit pas rue de Varenne. Et part de nouveau.

Malgré l'annonce officielle de sa démission de son poste de chef de cabinet, un bureau lui est réservé à Matignon et l'une de ses anciennes assistantes reste en contact permanent avec elle. Pour l'heure, elle s'est envolée une première fois pour le Nouveau Monde, officiellement pour installer sa fille Juliette à Boston. Officieusement, elle rejoint Hervé dont le port d'attache est le Québec et qui aimerait qu'elle s'installe définitivement auprès de lui. Mais le choix, décidément, est ardu. Célia revient à Paris où l'attend Victoire, sa cadette. Elle lui a déjà tout expliqué : les tensions avec papa, les doutes de maman, le possible changement d'existence. Difficile, pour une gamine, de comprendre ce bouleversement du quotidien. Mais sa mère y met les formes, elle enrobe, adoucit. Sans pour autant mentir.

L'été venu, elle donne rendez-vous à Hervé sur les planches à Deauville où ils n'ont pas peur de marcher main dans la main, de déjeuner en terrasse à la vue de tous, de jouer les tendres amoureux en vacances.

Guillaume, lui, poursuit sa tentative de reconstruction et demande instamment à Célia, par téléphone, de passer l'été avec lui. Elle lui répond : « Pour l'instant, je ne peux pas. »

Elle attend la mi-juillet pour emmener Victoire avec elle au Canada. Elle prend Jérôme au passage et tous trois s'organisent un périple à travers l'Amérique du Nord, des chutes du Niagara au Disney World de Floride. Mais, où qu'ils soient, Victoire tient à parler chaque jour à son père et Célia, par la force des choses, converse ainsi avec son mari. Guillaume s'exprime en boucle : il ne sait lui parler que de son retour auprès de lui.

À la mi-août, elle craque : elle explique à Hervé que la belle vie, ça n'est pas encore pour tout de suite. Il lui faut effectuer une nouvelle tentative avec son mari. On ne peut plus persuasif, Guillaume lui a fait notamment comprendre que sa vie était aux côtés de sa fille cadette, donc en France.

Rendez-vous est pris à Dinard où, comme tous les ans, Michaut-Cordier loue une villa sur le chemin des douaniers. Elle apprécie cette haute demeure, elle se souvient de leurs balades à vélo, ou à pied dans le sable, de leurs tête-à-tête si rares dans les petites crêperies du coin. Ce ne sera pas le même programme, mais elle compte sur ces quinze jours pour apaiser les esprits.

Pourtant, arrivée là-bas, elle ne retrouve pas l'ambiance qu'elle aimait tant. Les amis sont toujours de passage : Bernard Campion, Frankie Larmor ; sont là aussi ses belles-sœurs qu'elle apprécie, la petite Victoire qui lui fait sentir à quel point elle a besoin d'elle. Il y a toujours les joggings, les courses au marché, les soirées au bord de la piscine du Grand Hôtel. Mais elle ne parvient pas à se détendre. Guillaume n'est pas non plus aussi serein qu'il aimerait le laisser croire. Pas une journée ne se passe sans que le couple se dispute ; il ne se comprend plus, ne s'entend plus. Au propre comme au figuré. Ces vacances sont un fiasco et Célia décide de les écourter.

Au bout d'une semaine, elle revient donc à Paris avec la ferme intention de tout plaquer. C'est là qu'elle a vraiment pris sa décision, à son retour de Dinard, alors que plus rien ne lui semble possible. Son histoire d'amour avec Hervé est devenue une telle évidence que tenter de revenir en arrière serait vain. Elle se rend compte à quel point elle a changé en l'espace de cinq mois. Guillaume a beau appeler, tempêter, adjurer, elle ne dispose plus de son libre arbitre, elle se sent prisonnière de la nouvelle Célia. Elle sait à quel point tout cela va être douloureux, mais elle sait encore mieux que c'est irrémédiable. Et, pour la première fois depuis des semaines, elle se sent libre.

La demande de divorce n'est qu'une formalité. Quelques jours auparavant, elle a déjà contacté Me Kellermann, un éminent avocat parisien, pour plancher sur la question. Mais Guillaume ne veut pas en entendre parler. Il laisse faire, mais refuse l'inéluctable. Célia n'a donc d'autre possibilité que de patienter.

Elle retourne à Montréal pour aviser Hervé que c'est lui qu'elle a choisi et que c'est définitif. Elle fait le tour de ses amis, de ses aînés pour les informer de sa nouvelle situation. Elle en parle pour partager, mais aussi pour recueillir, si possible, l'assentiment de ses proches. Certes, elle est dorénavant convaincue d'avoir pris la bonne décision, mais elle aime se l'entendre confirmer, elle a besoin de sentir qu'on l'aimera toujours, malgré cette nouvelle donne.

Sa mère lui manque. C'est à elle qu'elle serait allée parler en premier si Gina avait été encore de ce monde. Célia n'a jamais été aussi en paix qu'à ses côtés. Sa douce chaleur latine, son visage aux traits parfaits, empreints de bonté et de compréhension, son parfum délicieux, ses gestes maternels, ses mots réconfortants... Sans Gina, elle se sent perdue à l'heure des choix. Mais il lui reste ce philosophe qui, depuis ses douze ans, lui souffle toujours le même commandement : vouloir, c'est pouvoir, Célia…

La volonté, elle l'a. Mais elle doute encore. Terrible, ce doute qui l'assaille. Terrible, cette indécision qui la pousse à se remettre en question tous les quinze jours. Lorsqu'elle est outre-Atlantique auprès de Hervé, elle est certaine que sa vie est désormais de ce côté-là de l'océan. Mais lorsqu'elle retourne chercher Victoire à Matignon et qu'elle traverse le bureau vide qui lui reste réservé, elle s'imagine reprenant son existence aux côtés de Guillaume, qui plus que jamais, se dit prêt à lui pardonner.

Pour la première fois, Célia hésite à la croisée des chemins. Et elle déteste ça. Alors elle joue la montre. Désormais entre deux hommes, elle prend garde à ne braquer ni l'un, ni l'autre. Elle répète aux amis que sa vie peut changer, que la situation est bien compliquée, qu'elle doit donner du temps au temps. Qu'elle réfléchit aux enjeux, à l'avenir qu'elle se destine. Elle n'est plus la Célia d'avant Guillaume, elle est devenue sa propre stratège. Jusque-là, elle a vécu selon ses désirs, en réponse à ses ambitions personnelles. Il n'est plus question qu'elle trébuche. Rien là de machiavélique : c'est pour elle une question de survie. Gina lui a tant répété qu'elle devait se forger un destin exceptionnel et que, vivante ou morte, elle, sa mère, ne se remettrait pas que sa fille la déçoive.

Or devenir la première dame de France, ne serait-ce pas le plus bel hommage qu'elle puisse rendre à Gina ?

ÉPILOGUE

Ils sont allongés, transat contre transat, sous le soleil des Antilles. En cette fin d'année éprouvante, Guillaume s'offre une pause au *Maracoudja*, le palace de l'archipel des Saintes, cadre tropical et romantique à souhait, havre rêvé pour émettre une tendre proposition. Il a l'intention de demander sa main à Sophie. Tous deux ne sont pas divorcés, mais les choses peuvent maintenant aller très vite. Dans son bagage à main, il a glissé un écrin de velours bleu roi dans lequel repose une bague de prix achetée place Vendôme. Avant de prendre l'avion pour Pointe-à-Pitre, il a pris soin d'envoyer un texto à Célia pour l'informer de sa décision d'épouser sa rivale. Puisque sa femme hésite encore à revenir, il abat sa dernière carte. Et si, après cela, elle ne rentre pas sur-le-champ à Paris, au moins ne sera-t-il pas le dindon de la farce. Il fera de Sophie sa première dame. Célia, qui était parvenue à tenir la séduisante journaliste de télévision à distance de son mari pendant des années, la verra prendre sa place sur la plus haute marche du pouvoir. On affirme de-ci, de-là, que les fidèles de son mari ont applaudi des deux mains : ils apprécient cette femme au look B.C.-B.G., qui ne fait pas de vagues et sait tenir son rang. Ne dit-on pas dans le microcosme journalistique et politique que Guillaume l'a « recrutée » ? Qu'il aurait ainsi cherché celle qui pourrait rendre Célia suffisamment jalouse pour l'inciter à rentrer au bercail ? Et, dans ce cas, peu importent les sentiments de l'autre, cette autre qu'on utilise pour parvenir à ses fins. La manipulation fait partie du quotidien de la politique. Le petit manège dure depuis cinq mois et Guillaume a fait monter la pression. Depuis que Célia l'a quitté, il a organisé sa contre-attaque. Il veut la reconquérir. Coûte que coûte. Point d'orgue : cette demande en mariage dans les Caraïbes.

À l'autre bout du portable, silence radio. Célia ne réagit pas au texto lapidaire. En réalité, cette petite phrase : « Ou tu rentres, ou je l'épouse », d'une brutalité inouïe, la laisse sur le carreau, partagée entre fureur et détresse. Elle est à Montréal, entourée d'Hervé et de quelques intimes, pour fêter l'anniversaire de son nouveau compagnon. Mais, après avoir éteint son portable, elle n'a plus la tête à se réjouir. Elle laisse vagabonder son esprit jusque sur les plages antillaises avant de poser son regard sur Hervé. Et de comprendre que leur histoire se termine là. Il lui faut rentrer de toute urgence. Elle ne peut se faire à l'idée que Guillaume se remarie aussi vite avec cette femme, et que cette dernière devienne la belle-mère de Victoire, sa fille. C'est tout simplement au-dessus de ses forces. Cela fait huit mois qu'elle tente d'imprimer un nouvel élan à sa vie, huit mois qu'elle résiste aux appels incessants de son époux, à ses exhortations à revenir auprès de lui, à ses déclarations, à ses chantages. Elle comprend qu'elle a perdu. Si elle a cru un moment qu'elle menait la danse, le bal est désormais terminé.

À l'heure où Célia prend la décision de quitter Hervé, Sophie prend celle de dire oui à Guillaume. Pour la journaliste du petit écran, c'est la consécration d'un amour resté longtemps sans retour.

À quelques mètres du couple, sur un yacht arrimé dans la baie, des photographes observent la scène, zooms braqués sur la plage. En pure perte : ils savent que depuis la une de *Paris-Choc* montrant Célia et Hervé enlacés dans une rue de Montréal, aucune photo privée concernant Guillaume ne sera plus achetée par aucun journal. Matignon y veille. Naguère, les directeurs de publication décidaient seuls de ce qu'ils mettaient dans leurs pages ; aujourd'hui, ce sont aussi les hommes d'affaires, les publicitaires et les hommes politiques qui donnent les ordres. La presse anglaise se gausse de cette tradition française qui incline les journalistes à la complaisance et à la connivence. Guillaume n'est pas en reste, qui aurait lancé cette perfide remarque à son fidèle bras droit : « Les gens de presse dans notre pays aiment à *suivre* leurs dirigeants politiques. Dans tous les sens du terme… »

Durant ses quelques jours de farniente, Guillaume continue d'adresser des SMS à Célia, l'air de rien, assortis de petits mots doux destinés à Victoire. Il se sent en position de force, dominant la situation de tout son nouveau poids politique, plus animal de proie que jamais. Lorsque son épouse lui répond sur le même ton détaché, il ne peut s'empêcher de montrer certains de ces textos à Sophie : « Tu vois, elle ne peut m'oublier... »

Lorsqu'il revient à Paris, la rentrée politique ne bat pas encore son plein et il réintègre Matignon pour un week-end plutôt calme. Entouré de quelques amis du show-biz, son portable à portée de main, il n'attend qu'une chose : l'appel de Célia. C'est avec la première neige tombant sur les toits de la capitale qu'il reçoit le message qu'il espérait : « Viens me chercher à Roissy, je rentre avec toi. »

Il n'est pas heureux, il jubile. Plus rien d'autre n'existe pour lui. Les tensions, les migraines, les coups de blues s'envolent avec ces quelques mots.

Ainsi s'envolent également les promesses faites à Sophie qui attend de ses nouvelles dans l'appartement qu'il a loué pour elle. Sophie qui vient de quitter le jeu, éliminée tel un simple pion dans une partie d'échecs.

Hervé n'est plus dans la course non plus. Il regarde s'éloigner Célia après lui avoir rappelé qu'il sera toujours là pour elle. Elle se raidit en entendant formuler cet incroyable engagement. N'a-t-elle pas cru plus d'une fois qu'il s'en irait, à bout de forces ? Tous deux sont en effet sous surveillance permanente depuis qu'ils vivent ensemble, subissant d'inévitables pressions qui ont notamment contraint Hervé à démissionner de sa boîte de production. Du moins peut-elle reprendre l'avion la tête haute. Une fois encore, devant lui, elle a clairement exprimé ses doutes, sans tricher ni mentir. Elle n'a pas eu à argumenter beaucoup ni longtemps : Hervé sait parfaitement que son histoire avec Célia est bancale. Depuis le tout début.

Par deux fois déjà elle a plus ou moins rompu avec lui. Et par deux fois elle est revenue dans ses bras. Il la regarde donc avec un brin de scepticisme. Elle lui jure que le temps des tergiversations est terminé, que son choix est fait : sa vie est auprès de Victoire, et donc avec Guillaume. Il hoche la tête, se lève et fait les cent pas dans le salon qu'ils ont aménagé au centre d'une jolie maison de la périphérie de Montréal. « Laisse quelques affaires au cas où tu changerais encore d'avis », glisse-t-il avec philosophie avant de regagner son bureau au cœur de la mégapole.

Lorsque Célia débarque à Roissy, Guillaume l'attend. Il enlace sa fille, mais n'ose pas encore serrer sa femme dans ses bras. Il ne souhaite pas la brusquer, il a trop peur qu'elle change d'avis. Célia, elle, plonge ses yeux dans les siens. Leur silence serait pesant si la petite n'était aussi bavarde, heureuse de voir ses parents enfin réunis. Elle sent bien qu'il se passe quelque chose, elle les regarde tour à tour, tente de capter l'étincelle qu'elle n'a plus vu briller dans leurs prunelles depuis tant de mois. Guillaume la cherche aussi chez Célia. Mais cette dernière baisse les paupières. Est-elle vraiment prête, cette fois-ci ?

Rentrée rue de Varenne, Célia va directement dans la chambre à coucher poser sa valise avant d'aider Victoire à s'endormir. Le décalage horaire va sans doute la perturber. Mais il y a autre chose : la petite lui demande si elle la verra, demain matin, lorsqu'elle criera « Maman ! » depuis son lit. Célia hésite, puis répond oui. Son mari se tient derrière elle et lui murmure : « Tu ne le regretteras pas. »

La soirée promet d'être belle, mais Guillaume s'enferme dans son bureau ; il a encore une mission à remplir. Sur sa table de travail, il pose une feuille de papier à lettre, sort son stylo plume de la poche intérieure de son veston et trace les premiers mots d'une lettre d'adieu : « Chère Sophie… » Deux belles pages pour plaquer celle qui a tout quitté pour lui. Remords ? Culpabilité ? Doutes ? Hésitations ? Non, « c'est la vie », comme dirait Célia. Quelques jours plus tard, un confrère entendra Sophie dans les couloirs de la chaîne privée siffler à l'oreille d'une collègue : « Il doit être content, il l'a récupérée ! »

La presse se fait largement l'écho de ces retrouvailles. Guillaume répète qu'il ne veut plus faire la promotion de sa vie privée et ordonne aux journalistes de respecter son nouveau choix. Pour autant, il n'interdit pas la vente des photos des jours heureux, s'arrange pour que quelques amis fassent passer le message que tout va bien, que tout est rentré dans l'ordre. Mais on ne voit guère Célia dans son sillage.

Un après-midi que le couple sort d'un restaurant parisien, il croise une femme d'une cinquantaine d'années qui lance à Célia : « Alors, vous voici revenue ! » Célia se retourne et la suit des yeux. Guillaume la pousse vers la voiture : il n'a rien entendu, il n'entend jamais ce qui n'en vaut pas la peine. Mais les pensées se bousculent dans la tête de son épouse : « Oui, me voilà revenue. Mais je ne suis plus la même. Il s'est passé tant de choses… » Elle regarde défiler Paris, puis ferme les yeux. La louve rejoint la meute. Vouloir, n'est-ce pas pouvoir ?

Cependant, l'actualité, cette autre infidèle, a déjà épousé un nouveau thème : la question n'est plus « qui sera la prochaine première dame de France ? », mais : « la France ne sera-t-elle pas un jour prochain présidée à son tour par une femme ? »

TABLE

Cet ouvrage a été composé par
Paris Photocomposition
75017 PARIS

Impression réalisée sur CAMERON par
BRODARD ET TAUPIN
La Flèche

pour le compte des Éditions Fayard
en janvier 2006

Imprimé en France
Dépôt légal : février 2006
N° d'éditeur : 69409 – N° d'impression : 33954
ISBN : 2-213-62908-0
35-33-3108-4/01